原爆と日常

聴覚的面のデジタル化

今石 元久 著

溪水社

原爆犠牲者の火葬場を臨む

樹木の根

最近（2009年）の似島《にのしま》

原爆犠牲者の火葬場を臨む写真

似島は広島湾にあって周囲16ｋｍ・1800人程度の小さな島である。中世のころから人が住みつき、荷継ぎの寄港地だったという。原爆のときは犠牲者がたくさん運ばれてきて、火葬場と化した島でもある。

剥《む》きだしの樹木の根の写真

東山魁夷の「樹根」（1955年）について

> 私は自分の内に在る情熱を抑えているほうであるが、芸術を創る作業は、所詮、情熱の所産ではないかと思っている。それが作品の表面に勢いよく表れるにしろ、奥に沈んでいるにせよ。作家は例外なく心の底にデモーニッシュなものを持つと言えよう。
> ≪樹根≫について情熱との関連性を書くつもりは無かったのであるが、少しも意識しないで描いたものが、このような表現をとっていることが、私に自分の心の奥を覗く気持を起させるのである。気をつけて見ると、私の作品には、≪樹根≫に表れているような奇怪なものが、案外、あちこちに顔を見せているのかも知れない。殊に森や樹木を描いた作品に、その系列を見出すのである。

魁夷はこのように「作家は例外なく心の底にデモーニッシュなもの」を潜めると、述べている。そして、私は「ゲルニカ」を描いたピカソの心中にも思い及んだ。

新田篤実さんの足取り（8月6日）
保田知子さんの足取り（8月7日）
4㎞
3㎞
2㎞
1㎞
至可部
広浜鉄道（可部線）
太田川
京橋川
牛田町
末川秋雄さん被爆
横川駅
山陽本線
広島中
三篠橋
白島
池田マサエさん被爆
至向原・庄原
常葉橋
今井恵子さん被爆
己斐駅
産業奨励館（原爆ドーム）
相生橋
旧大本営
護国神社
西練兵場
東練兵場
広島駅
芸備線道（芸備線）
矢賀駅
天満町
土橋
福島川
山手川
高須
古江
観音町
中島
元安川
紙屋町
第1高女
稲荷町
的場町
大正橋
呉線
至宮島口
三山さんのお母さん被爆
水主町
小町
山陽中
鶴見橋
鶴見町
猿猴川
至西条・呉
雑魚場町
女子商
段原
舟入本町
住吉橋
明治橋
吉島町
鷹野橋
文理科大学高師
比治山橋
比治山
兵器廠
千田町
京橋川
天満川
南大橋
専売局
被服廠
太田川（本川）
南千田町
県立工業
御幸橋
私の現在地
皆実町
江波
広高
翠町
横田勝さん被爆
女専
第2高女
丹那
仁保
三山甲子さん被爆
宇品
宇品駅
保田知子さん被爆
広島港（宇品港）
木造家屋の場合、広島では、爆心地から2㎞の地点で全壊10％、半壊・軸部損傷40％、4㎞では全壊・半壊・軸部損傷ともになく、倒壊限界は2.5㎞だったという。しかし、さまざまな調査報告もある。

爆心地と被爆

目　次

原爆と日常

聴覚的面のデジタル化

私の研究と原爆

①

東山《ひがしやま》魁《かい》夷《い》は人生を四季に重ねかけた。

> 子供の時は春のように、青年は夏のように、壮年は秋のように、老年は冬のように
>
> (『東山魁夷自選画文集』「霜葉」集英社・1993 年)

と。

魁夷は、晩年、冬を愛していた。冬の景色は「虚飾を捨てて真実の姿が現れている」と述べた。しかも、“肉体の眼が衰える時、本質を見る眼が開く”と考えていた。偉大な魁夷ほどではないにしても、私の中にも多少ではあるが、そういう一種の心象(心のふるさと)がひろがりかけたのかもしれない。それは森鷗外の言葉をかりると、私の中の「なかじきり」なのであろう。

そもそも、人間は生きている限り何か新しい考えを創出しようとする。私もそうである。それは、不思議なほどであるが、肉体の衰えとは逆ではなかろうか。精神的なものがいっそう高揚して

くるのを覚える。

私は中国山地内、岡山県真庭市《まにわし》で生まれ自然の中にどっぷりつかりながら育って、普段の言葉の研究（方言研究）に明け暮れた。しかしながら他方では、太平洋戦争が始まったころ生まれて両親の難儀を見、係累《けいるい》の悲しい原爆被災を知り、さらに、研究調査の最中、全国の各地でよく見かけた「非核宣言」塔によって、地球上の人間存在としての根本的なあり方を考えさせられた。注1 そして、池内了氏の述作に出会った。池内氏は宇宙という、途方もないスケールへ誘うのである。

> 空間や時間は実際には見えず、そこにある物の運動や変化を通じて時間や空間の始まりや広がりを知っていくということなんだ。コスモス cosmos という言い方もある。物事が乱れていて区別がつかない意味のカオス chos（ケーオス）の反対語で、コスモスは秩序があって完全な姿、それが宇宙というわけだ。
>
> （池内了『娘と話す 宇宙ってなに？』現代企画室・2009 年）

と述べていた。注2

人間は死んでしまうと、「心の宇宙」（文科系研究理科系研究の両方に広がる膨大な心の空間）を生々しく描出することは不可能であろう。心の宇宙は**体感的に生き生きと実現すること**ができないのではないか。私は、目下、人類史上初の大暴挙に出くわした体感的談話（原爆被災の談話）をデジタル化（データ化）している。人間存在を原点から脅《おびや》かした“原爆”というものは、市民（庶民）の目線（レベル）であらゆる分野から徹底的に刻んでおかなければいけないと思うのである。注3

私は**人間の生命（思い思いの心の世界）**の尊重のもと、地球上の日本の中に庶民の、「音声言語ミュージアム」を建設することが夢であった。大袈裟《おおげさ》なように思われるかもしれないが、このことに半生を捧げてきたつもりである。しかし、今や残念ながら人生の「なかじきり」という警告を受けるはめになってしまったのであろうが、“原爆被災のＣＤ化”という到達は、私の中の最上階に位置しているのである。

ＣＤは写真と同様リアルである。注4 原爆被災の体感的談話を五感の一つである**人間の聴覚諸面**に訴えるよう、デジタル化（データ化）に没頭する昨今であるが、ことに犠牲の死没者に対しては、鎮魂の情でもって私の胸はつぶれんばかりである。注5

なお、瀬戸内海沿岸の長閑《のどか》な風景と原爆の惨状は内面において結びつくが、私の文章力だけでは思うように任せられない。もどかしいが限界であろう。もちろん、この「限界」はすべての世界の「限界」というつもりではない。したがって私なりの試行錯誤の末、私の好きな魁夷の風景（『東山魁夷自選画文集』集英社・1「旅への誘い」）を手繰り寄せて、たいへん魅力的な「樹根」へつないでみた。ＣＤは10年近くかけて編集して、今、一般の方々へ公開しようとするものである。そのＣＤを、本書ではこのように表紙のところに貼り付けた。

注１　2009年8月3日付の『中国新聞』は、

　「核廃絶」「非核三原則の堅持」－。全国の８割に当たる約1500自治体が非核宣言を定め、地方の立場から平和の精神をうたっている。一方、被爆国日本の政府は米国の「核の傘」に安全保障を頼り、国是である非核三原則は核持ち込みの密約問題で揺れる。核兵器廃絶を求める国際的な機運に合わせ、地方は非核の風を起こせるのか。「わが町の宣言」を礎にした地域発の行動が欠かせない。

と述べて、「非核自治体行動の時　欠かせぬ地方からの風」と呼びかける。最近（2010年）の『日本語の研究』によれば「平成の大合併とやらで、奇怪な市町村名が増えた」とある。私も、まったく同感である。したがってそのせいか、「わが町の宣言」はところによっては消されているのではないか。核兵器の危険意識はもっと敏感に我が身で感じなくてはいけない。もしも、このような核兵器廃絶宣言は、平成の大合併のため実態のないものに形骸化するのであれば「残念至極である」といわざるを得ない。

　地球は核大国のほしいままである。「核を持たない」私たちの運命は、一握り程度の核大国に預けている。したがって、世界の為政者たちにぜひ聞いてみたいことでもあるが、みなさん、冷戦後、核兵器は、意外な方へ転じて、たとえばテロリストの手に落ちようとするとか、国際社会を無視しもっぱら新たなる富国強兵策かなにかのように使われようとするなど、まことに残念なことであるが、世界の潮流は全くもって依然として危険極まりない。これはコンピュータによる仮想「地球破壊ゲーム」ではなかろうか。地球の運命は、みんなで早く実感を持ちながら、切実かつ強力に考えなくてはいけない。

注 2　ハッブル宇宙望遠鏡で見た実際の大パノラマと共に、「宇宙」を、ひとりひとりの人間の意識の世界にも探索しようとする考え方。意識研究のルネサンスである「脳の高次機能の解明」へ（芋阪直行『心と脳の科学』岩波ジュニア新書・1998 年）

注 3　「20 世紀における自然科学の進歩は、生産技術ばかりでなく、軍事技術の進歩をうながし、人類絶滅の破壊力をもった核兵器を出現させた。危機はいまや「人類」的な規模のものとなった。このことは、科学者をふくむすべての人間に、あらためて科学と人間の関係について深刻な反省を迫るものであった。」（『現代哲学入門』有斐閣・1963 年）と。本書のＣＤならびに編著『人類の危機に立ち会った人たちの声』、『原爆の少女たち』、『原爆の声』（いずれも溪水社刊行）の付録にあるＣＤをお聞きいただきたい。

注 4　広義の注記になるであろう、私見的な主張等も若干添えよう。

1989（平成元）年、県立広島女子大学へ転任したとき久しぶりに平和記念式典に参列してみた。当時、私は日本の自然言語、ことに、方言音声のデジタル保存や分析の学術研究に没頭していた。高齢化した、まことにお気の毒な被爆者の肉声を、デジタル技術を使ってコンピュータなどに保存することができないかと思った。僭越ながら、世界平和のためにたいへん微力ではあるが人間の聴覚器官・聴覚心理等の聴覚的諸面に訴える私なりの学術的な寄与である。

学校教育での平和教育では、副読本を提供してみよう。『原爆の少女たち』（溪水社）がそれである。このＣＤブックは世界平和の尊さを啓発するものである。広島の「原爆の子」や長崎の「未来を生きる子ら」とともにきっと強靭な平和のシンボルになる、と私は信じている。

唯一の被爆国である日本は、学術補助金関係に平和研究分野がない。しかし、ぐずぐずしてはおれない。英知を、世界中から結集して**“口承平和史”**を編む、一大プロジェクトを発足させなくてはいけない。今ぎりぎりである。この時期を逃がすなら、被爆者の肉声力は永遠に消え去るであろう。（あるいは、もしも核戦争へ突入すれば「人類とか文化」などと言ってはおられない。）

注５　畏友三輪譲二氏（岩手大学工学部）から「25時間かけてルーマニアの出張から帰ってきました。ナチスに迫害された人々の生きた声の証言収集を、ドイツの先生が実施されていることを聞き、≪今石の≫先見性に感銘しています。」(2010年８月）という激励をいただいた。

②

いわゆる「ユネスコ憲章」の前文に、

戦争は人の心の中で生まれるものであるから、人の心の中に平和のとりでを築かなければならない

とある。

私は、構造主義をはるかに超えるような、混沌からの秩序を探求する現実主義である。だから、私は、どちらかといえば経験的現実を重視している方になるだろう。

全ての人間は日常の中に実現するという現実がある。ユネスコ憲章のように「人の心の中に平和のとりでを築かなければならない」という高邁な精神は、「人の心の中に平和の鎖をめぐらす」というような実現態になおしてみても一向にさしつかえないと思うが、どうであろうか。現実は、国境をはるかに超えた高度情報化社会の真っただ中にある。現在の情報化社会において、世界中の人々の心を平和の方へ、つまり、経験的現実の方へ結集すれば、全ての核兵器は、必ずや、根絶できるのではなかろうか。

備忘録　本書のＣＤをお聞き下さるとき、拙編著の『人類の危機に立ち会った人たちの声』の中のヒロシマ・保田知子さん、ナガサキ・和田耕一さんのところも（あわせて英訳のところも）ごらん下さい。いわゆる文字化ということでまだ完璧とはいえないが、保田さんや和田さんのように、奇蹟的に助かった人たちの日常の肉声から、私たち現代人一般は学ぶべきことがたくさんある。

原爆被災の庶民の惨劇を保存するという観点から、生々しい風景や被災者の痛ましい写真、悲惨な絵・体験手記と同様、現在、被災者の肉声をＣＤ化することが重要であろう。

CD 化は、最後の「結びにかえて」というところでまとめて記す予定であるが、カメラマンなどの第三者風のような目もない、絵の具などの道具も用いない、**人間的原爆被災そのもの、原爆の人間「直截《ちょくせつ》」**という、被爆者本位の認識である。そのような広島や長崎での CD は、永遠に保存するという観点から言えば有名な原爆ドームなどにも匹敵している、と私は思う。そして、視覚側からの想像などとは違って、**聴覚側からの、被爆の直截の叫び**ではなかろうか。現在の技術水準（デジタル化）から言っても、そのような被爆者の叫びこそ視覚的な偶像化とは違った、かつての**惨状へ立ち戻る最短の道**ではなかろうか。“時移れば、その人たちも次第に世を去って行く”“しかも、急がなければならない”（これらは元広島市長浜井信三氏の言葉）のである。

マンモスの牙

①

コンピュータが普及して情報の伝達（新しい通信網）が世界中に網の目状に広がっている。世界平和を実現するために、コンピュータを先鋭的に駆使して、すべての核兵器をみんなで**見張る**のである。そして、先般のこと、話題のプラハ演説もおこなわれたことである。注1

2006年7月11日刊行の旧編『人類の危機に立ち会った人たちの声』において、すでに私は明らかにしてきたが、コンピュータの急速な発達のおかげで、悪魔の核兵器は世界中から**監視**されていて、もはや**マンモスの牙**も同然である。注2 核兵器は太平洋戦争やその後の冷戦時代などにおいて相手を倒す強力な牙（武器）であった。過去はそうであったに違いないが、現代ではそれは全くの、見下すようであるが、**無用の長物**である。唯一の被爆国の日本こそ、（先の注記の1で述べたように、全国各地の「非核宣言」を地道に積み上げながら）地球上の中立地帯でなくてはいけない。注3

なお、高度情報化社会の到来については、“ひとりひとりの立ち位置”がたいへん重要になってくると思う。そのことについて、

今井賢一氏は『情報ネットワーク社会』（岩波新書・1984年）の中で、

情報化社会は多様な情報を提供する。しかし、人々の選択する意思が衰弱していれば、情報化の中で自己を見失うことにならざるをえない。そこにあらわれるのは、気分で揺れ動くファッションの世界である。気分が時代の意思決定を左右するとすれば、悲観主義が真理とならざるをえない。

と、むしろ、主体性の涵養（主には強化）を説くのであろう。

注1　2009年4月5日、チェコ共和国のフラチャニ広場（プラハ）にて、バラク・オバマアメリカ合衆国大統領のプラハ演説のこと。以下はプラハ演説の一部である。

何千発もの核兵器の存在は、冷戦が残した最も危険な遺産です。米国とソ連の間に核戦争が起きることはありませんでしたが、何世代にもわたり人々は、この世界が一瞬の閃光（せんこう）の下に消失してしまうこともあり得ると承知の上で生活していました。プラハのように何世紀にもわたって存在し、人類の美しさと才能を体現した都市が消え去ってしまう可能性がありました。

今日、冷戦はなくなりましたが、何千発もの核兵器はまだ存在しています。歴史の奇妙な展開により、世界規模の核戦争の脅威が少なくなる一方で、核攻撃の危険性は高まっています。核兵器を保有する国家が増えています。核実験が続けられています。闇市場では核の機密と核物質が大量に取引されています。核爆弾の製造技術が拡散しています。テロリストは、核爆弾を購入、製造、あるいは盗む決意を固めています。こうした危険を封じ込めるための私たちの努力は、全世界的な不拡散体制を軸としていますが、規則を破る人々や国家が増えるに従い、この軸がもちこたえられなくなる時期が来る可能性があります。

≪中略≫

こうした兵器の拡散を抑えることはできない、私たちは究極の破壊手段を保有する国家や人々がますます増加する世界に生きる運命にある、と主張する人もいます。このような運命論は、極めて危険な敵です。なぜなら、核兵器の拡散が不可避であると考えることは、ある意味、核兵器の使用が不可避であると認めることになるからです。

私たちは、20世紀に自由のために戦ったように、21世紀には、世界中の人々が恐怖のない生活を送る権利を求めて共に戦わなければなりません。そして、核保有国として、核兵器を使用したことがある唯一の核保有国として、米国には行動する道義的責任があります。米国だけではこの活動で成功を収めることはできませんが、その先頭に立つことはできます。その活動を始めることはできます。

（http://tokyo.usembassy.gov/j/p/tpj-20090405-77.html より）

注2　かれこれ20年以上にもなろうかと思う。私は**マンモスの牙**という言葉に関心を寄せていた。長年の私のお気に入りであったこの言葉はもちろん誰でもつかうような日常の言葉ではないであろう。この言葉は志賀直哉が「閑人妄語」（志賀直哉全集第8巻・岩波書店・1999年にあるように）の中で、現代科学が人間に役立たなくなったという意味でつかっていたが、それを、私（今石）は本書において“地球上の核兵器は**マンモスの牙**である”という意味でつかっている。地球や人類の大敵である核兵器こそ、現代では冷戦時代の遺物となり「もはや博物館の陳列物にすぎない」と、私は考えていた。

注3　「中立地帯」といえば確実に予想される領土に関する国際紛争につい

ては、「誰だって固有の地域に根ざして暮らす」権利があるのであるから、解決策を乱暴な武力による臨時的・一時的な解決にうってでるのではなく、人間はすべからく武力に陥らないで、粘り強い忍耐力の下、世界中の英知により解決すべきであろう。

備忘録　村井純氏の『インターネット』（岩波新書・1995年）に、次のように著述されている。

たとえば、フランスの核実験再開をめぐって、こんなこともありました。一人の学生が、「この核実験に反対したいと思うけれど、みなさんの意見を求めます」、とインターネットで掲示したのです。すると、たちまち何万人もの人が意見の交換のために書きこんできたというのです。こういうことが、いつでも誰にでもできる。それは、インターネットのコミュニケーションならではのことでしょう。こうしてインターネットは、さまざまな意見や意思表現のあり方や方法にも、大きな変化をもたらす可能性があるのです。

私は、ここに“核兵器を無力化する”大きなヒントがあると考えている。そして、インターネットによる報復力もあり得るであろう。

核兵器を使用することによって地球が完全に崩壊してしまうという恐怖心はみんなで共有している。一発でも使用するなら、その国は世界中から強力な報復を受けるはめになるであろう。その国は滅びるであろう。おそらく、その国の善良な国民までも滅びるのではなかろうか。だから、私は“インターネット社会は核兵器に対抗し得る、国境のない全地球的規模の社会である”と確信している。

②

広島でも長崎でも投下された原爆の被災は、人種差別の究極ではないかと思っている。

2010年6月14日、地元の広島を本社にしている新聞は

核兵器は非人道的な「悪魔の兵器」だ（『中国新聞』）

と告発し、核兵器拡散の防止条約を大きく進展させて、国際社会の中で核兵器の存在を根底から否定するように呼びかけている。また、同紙は非暴力の世界を実現するために「平和省」創設を紹介していた。

備忘録　投下した側は「原爆は戦争を止めさせたのだ」と、きっと、一方的にまことしやかに正当化しているのであろう。残念なことではあるが、いかんせん、これは今の投下側の現実であろう。しかし、投下された側は、巻添えにあった広島や長崎の庶民が突然焼き殺されたり、あるいは、運よく生きのびてきたが虐《しいた》げられたりいたたまれなくなったりした人が多い。地球上に同じように生を授って、いまだに理不尽な苦しみに耐えなければいけない、悪魔の原爆はもう全部忘れたい、ましてや、広島や長崎の「追悼記念館」に登録するのは耐えられないという人がいるにちがいない。結

局、“罪のない広島や長崎の庶民”までも焼け死んで犠牲にならなければいけないという必然性はどこにも見当たらない。皮肉まじりであるが、なぜ、戦争をやめさせる犠牲を、広島や長崎の無辜《むこ》の民が背負わねばならないのか。この地球上でまじめに生きるのはとてもつらいことであり、全く損だと思う人がいるにちがいない。65年経って原爆が風化したという簡単な言い種はとんでもない。同じ人間でありながらこの不公平感はいったい何なのであろう。原爆投下から65年経った今年、かえって不透明感が膨らむばかりではないか。今やなにがなんだか、さっぱりわけがわからないという混沌の時代へ突入している。広島や長崎の原爆悲惨は、ある意味において『ドイツ戦没学生の手紙』（岩波新書）＜広く読まれているが＞などの比ではない。

広島の場合、投下後65年経つが残留放射線の「黒い雨被害」など、現代でもなお、残酷な状態がつづいている。投下を指示した国などは、半世紀もたって、もはや歴史化したなどとさらりと逃げるつもりかもしれないが、被爆者がいろいろな病状で苦しんでいるという、残酷な被災事実にどう向き合ってくれるのであろうか。

③

先般、広島女学院の黒瀬真一郎院長から、『夏雲』という平和学習のための副読本をいただいた。その中に、物理学が専門の庄野直美教授が次のように著述している。詳しくは、庄野直美・飯島宗一共著『核放射線と原爆症』日本放送出版協会発行などもご覧いただきたい。

空中で爆発した広島原爆の爆発点の位置は、現在の島外科病院の玄関から東南方約二五メートルの地点、高度約五八〇メートルでした。

爆発と同時に爆発点は摂氏数百万度にも達し、(通常爆弾の最高温度摂氏五千度)、周囲の空気は白熱されて輝く火の玉が出来ました。火の玉の大きさは爆発一秒後に最大半径の約二三〇メートルまで拡がり、その輝きは次第に弱まりながらも約一〇秒後まで続きました。その火の玉から、その間、強力な熱線が四方へ放射されて、建築物を焼き人体へ火傷を与えました。

爆心(爆発点直下の地上点)の温度は**摂氏三千度か四千度**に達し、爆心から約二キロ以内の可燃物が燃え上がり、約三・五キロの人体でも軽度の火傷を受けました。

爆発と同時に爆発点の熱い中心部には数十万気圧という高圧が作られ、周囲の空気は爆風となって外側へ押し拡げられました。あまりにも高い圧力のために、爆風の先端は高圧な空気の壁(衝撃波)となり、音速より少し早い速度で進みながら、強烈な破壊を行いました。その衝撃波の後から音速以下の速度の爆風が、初めは外側へ後からは内側へ吹きすさびました。

爆風によって、次のような破壊が起こりました。爆心から半径約〇・八キロまでが完全破壊。約一・八キロまでが大損害。約二・六キロまでが中損害(大破とまでは行かないが、修理がすむまで使用不能)。約三・二キロまでが部分損害(シックイや窓枠の破損以上)。窓ガラスが破れる程度の軽損害は、爆心から約一五キロまでも及んでいます。

以上の熱と爆風による破壊は、通常の爆風でも起こりますが、ただ異なるのは、原爆の場合は一度に**ＴＮＴ火薬二万トン分もの破壊**が行われることです。通常爆弾で一度で二万トンの破壊を行うためには、四千機以上の爆撃機が一挙に空爆して、雨のように爆弾を投下しなければなりませんが、それは現実的には不可能です。原爆は、防御不可能な状態で、瞬時の大量破壊を人的・物的あらゆる面におよぼしたわけです。

原爆の更に恐ろしい点は、放射能を持っていることです。ＴＮＴ火薬二万トン分の威力といっても、通常の火薬には放射能は絶対に含まれていません。

放射線には、瞬間放射線と残留放射線があります。

瞬間放射線は、爆発から一分間にわたって四方へふりそそいだもので、特にガンマー線と中性子線が重大な被害を与えました。その両方を合わせた放射線量は、爆心で**約二万四千ラド**、爆心から〇・五キロで約五千九百ラド、一キロで約四五〇ラド、一・五キロで三二ラド、二キロで二・四ラドとなっています。

「ラド」というのは、放射線量を表す単位で、天然の場合、三〇年間に一人平均約三ラド受けています。また約四五〇ラドが半致死量（五〇％が死亡する量）といわれています。従って広島の場合、爆心から一キロ以内にいた人は重大な被害、二キロ以内でも相当な被害を受けたことになります。

残留放射線というのは、爆発後のかなり長い間市内に残っていた放射線のことで、それは、爆発の瞬時にふりそそいだ中性子線が地上の土や建築物資材に二次的に誘導した放射能（誘導放射能）およびウラン原子核の分裂破片が持つ放射能いわゆる**‘死の灰’**が地上へ落ちたもの、という二つの原因から起こったものです。（放射能とは放射線を出す物質のことです。）

誘導放射能のために、爆心から約一キロ以内を爆発から約一〇〇時間以内に行動した人は、かなりの害を受けた可能性があります。また死の灰の放射能のために、爆発後しばらく降り続いた「黒い雨」に遭った人も、害を受けた可能性があります。その他、人によって違いますが、空中のチリ・食物・飲料水などから相当量の放射能を体内に吸収して、害を受けた場合も考えられます。

以上のような破壊力によって数多くの人々が死亡しました。しかし、その死亡者数は、当時市内に在住した日本人と外国人、戦闘員と非戦闘員をとわず、**広島で約一四万人、長崎で約七万人**であったと考えられます。またこれらの死亡者のうち、その約六〇％は熱線と火事による火傷が原因、約二〇％は爆風による圧死や外傷が原因、残りの約二〇％は放射線による病気が原因であったと考えられています。

死亡を免れた人々のあいだでは、原爆症が残されました。原爆症とは、原爆の熱線・爆風・放射線が人体に与えた障害の総称です。原爆症はその発生の時期からみて、急性障害と後障害とに分類されます。

急性障害は被爆直後の約四ケ月間にわたる病気で、次のような特徴的症状が現れました。——はきけ、食欲不振、下痢、頭痛、不眠、発熱、咽喉痛、脱毛、脱力、出血、白血球減少、赤血球減少、無精子症、月経異常など。

急性障害が終わった後から、日時の経過とともに、遅発性の病気が次々と現れるようになりました。まず最初に現れたのは**ケロイド**で、これは火傷の跡の肉が盛り上がる病気です。この傾向は、一九四六〜四七年頃に最もはげしく現れ、その後約四年間位つづきました。また一九四七年頃からは、**白内障**や**白血病**が現れるようになりました。白血病の発生は一九五〇〜五三年頃に最大となり、それが下火になったと思われる一九六〇年頃からは**ガン**（特に甲状腺ガン、乳ガン、唾液腺ガン、肺ガン）などの発生が高率になりはじめ、今日もガンの発生は衰えていません。また原爆ぶらぶら病、小頭症、老化現象なども問題になりました。原爆放射線の遺伝的影響は今日までのところその実在証拠が発見されておりませんが、今後さらに研究をつづける必要があります。

しかし、ここで注意すべきことは、原爆によって全く新しい病気が発生したわけではありません。

熱線や爆風による外部的障害のことは説明する必要もなく明らかですが、透過力の強い原爆放射線は、人体細胞の中の原子や分子に根源的な破壊を与え、それが直接的に多くの病気の原因になりますし、また、組織の能力低下を通じて、他の原因による悪化あるいは再発させてきたのです。

（庄野氏著述部分の「核兵器の恐怖」より・
ゴシック体表記は今石による）

以上のごとく、庄野氏が著述していることがらはおおむね常識になっているであろうと思う。庄野氏は半生、広島の原爆に厳しく対峙《たいじ》して、原爆被害の科学的研究に大きく貢献している。

庄野氏とかつて同じ職場だった私は、もっぱら被爆者のナマの声をデジタル化（データ化）しているのであるが、まずはどうぞ、次の●じるしの事例もお読み下さって、みなさん、**原爆被災が“無辜の民”（罪のない人）にいたるまでたいへん惨《むご》いことであり、そして、核兵器が人間存在には全く無意味であること**をあらためてよくご認識いただきたい。

●放送局の玄関前には、大勢の局員が倒れていた。近くに、若い女性が赤ちゃんを抱いて立っていた。全身燃えながら。翌朝、局の前を通ったら、局員の姿はなく、黒焦げの母子が倒れていた。(朝日鈴子・女専7期国文・33歳当時・現在東京都府中市在住)(ヒロシマ)

A large number of radio station staff had fallen down in front of the station's main entrance. A young woman stood nearby, holding a baby. The woman was burning. The next morning when I passed the station, the bodies of the staff were gone, but the blackened remains of the mother and child were still there. (Reiko Asahi, age 33; currently living in Fuchu City, Tokyo)

●横川駅で命絶えた母親の乳房にさばっていた乳児、火傷がひど

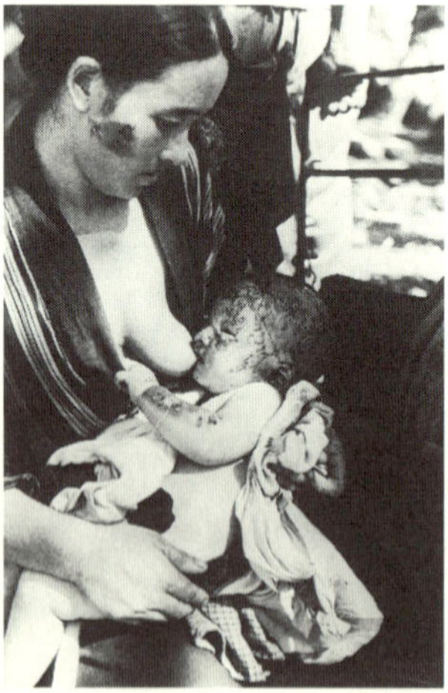

『母と子でみる広島・長崎』
(朝日新聞企画部編　草土文化)

く離婚させられた人、足を失い結婚できなかった人、60年経った現在でも、原爆の事は思い出したくない。（岡本多鶴子・女専20期生活・16歳当時・現在広島市在住）（ヒロシマ）

There are many things I can still remember about the bomb that I don't want to: people who couldn't get married because they lost their legs; couples divorced because of the severity of their partner's burns; a baby suckling at the breast of its dead mother near Yokogawa Station. (Tazuko Okamoto; age 16; currently living in Hiroshima)

など、原爆は広島でも長崎でも悲惨を極めたのであった。

高齢化した原爆被災の生存者の中に、「原爆には絶対に負けない。核兵器全廃へ向けてがんばる。あきらめない。」などと言っている人がいる。以上、私たち人類は一刻も早く主体性を発揮（強化）しながら、自分たちは自分たちの手で守らねばならないのである。

備忘録　2010年8月7日、広島本社の新聞朝刊（『中国新聞』）に、「黒焦げの2遺体　母と妹では・・・何年たっても忘れられない」「あの日に残る思い」「面影追い再訪20年余」65年前、原爆の炎で黒焦げになった母子を広島市中心部で見かけた。母と一番下の妹かと思ったが、その場を離れた。

入市被爆した廿日市市の安原義治さん（82）は、あの日を境に母と妹の行方を知らない。「何年たっても忘れられない。悔恨とともに巡ってきた原爆の日の6日、広島の街を歩き、家族の面影を追った」とあり、掲載の写真に関連して「ここで黒焦げの母子と会った。歩道にひざまずき、65年前を振り返る安原さん」「鉄砲町の現場巡り式典へ」などとある。投下直後、痛々しい母子の残酷な光景はいたるところにあったのであろう。

なお、庄野氏が述べていたラドは現在では用いられないそうである。グレイとかシーベルトという術語で統一されているそうである。

2010年の平和宣言について

①

2010年の平和宣言は次のようであった。

「ああ　やれんのう、　こがあな辛《つら》い目に、なんで　逢わにゃあいけんのかいのう」——65年間のこの日、ようやくにして生き永らえた被爆者、そして非業の最期を迎えられた多くの御霊《みたま》と共に、改めて「こがあな　いびせえこたあ　ほかの誰にも　あっちゃあいけん」と決意を新たにする8月6日を迎えました。

ヒロシマは、被爆者と市民の力で、また国の内外からの支援により美しい都市として復興し、今や「世界のモデル都市」を、そしてオリンピックの招致を目指しています。地獄の苦悩を乗り越え、平和を愛する諸国民に期待しつつ被爆者が発してきたメッセージは、世界憲法の礎であり、世界の行く手を照らしています。

今年5月に開かれた核不拡散条約再検討会議の成果がその証拠です。全会一致で採択され最終文書には、核兵器廃絶を求める全《すべ》ての締約国の意向を尊重すること、市民社会の声に耳を傾けること、大多数の締約国が期限を区切った核兵器廃絶の取組《とりくみ》に賛成していること、核兵器禁止条約を含め新たな法的枠組みの必要なこと等が盛り込まれ、これまでの広島市・長崎市そして、加盟都市が4000を超えた平和市長会議、さらに「ヒロシマ・ナガサキ議定書」に賛同した国内３分の２にも上る自治体の主張こそ、未来を拓《ひら》くために必要であることが確認されました。

核兵器のない未来を願う市民社会の声、良心の叫びが国連に届いたのは、今回、国連事務総長としてこの式典に初めて参加してくださっている潘基文《パンキムン》閣下のリーダーシップの成せる業ですし、オバマ大統領率いる米国連邦政府や1200もの都市が加盟する全米市長会議も、大きな影響を与えました。

また、この式典には、70か国以上の政府代表、さらに国際機関の代表、ＮＧＯや市民の代表が、被爆者やその家族・遺族そして広島市民の気持ちを汲《く》み、参列されています。核保有国としては、これまでロシア、中国等が参列されましたが、今回初めて米国大使や英仏の代表が参列されています。

このように、核兵器廃絶の緊急性は世界に浸透し始めており、大多数の世界市民の声が国際社会を動かす最大の力になりつつあります。

こうした絶好の機会を捉《とら》え、核兵器のない世界を実現するために必要なのは、本願をそのまま世界に伝え、被爆者の魂と世界との距離を縮めることです。核兵器廃絶の緊急性に気付かず、人類滅亡が回避されたのは私たちが賢かったからではなく、運が良かっただけという事実に目を瞑《つぶ》っている人もまだ多いからです。

今こそ、日本国政府の出番です。「核兵器廃絶に向けて先頭に立つ」ために、まずは、非核三原則の法制化と「核の傘」からの離脱、そして「黒い雨降雨地域」の拡大、並びに高齢化した世界の全ての被爆者に肌理《きめ》細かく優しい援護策を実現すべきです。

また、内閣総理大臣が、被爆者の願いを真摯《しんし》に受け止め自ら行動してこそ、「核兵器ゼロ」の世界を創り出し、「ゼロ（0）の発見」に匹敵する人類新たな一頁《ページ》を2020年に開くことが可能になります。核保有国の首脳に核兵器廃絶の緊急性を訴え核兵器禁止条約締結の音頭を取る、全ての国に核兵器等軍事関連予算の削除を求める等、選択肢は無限です。

私たち市民や都市も行動します。志を同じくする国々、ＮＧＯ、国連等と協力し、先月末に開催した「ヒロシマアピール」に沿って、2020年までの核兵器廃絶のため更に大きなうねりを創ります。

最後に、被爆65周年の本日、原爆犠牲者の御霊に心から哀悼の誠を捧《ささ》げつつ、世界で最も我慢強き人々、すなわち被爆者に、これ以上の忍耐を強いてはならないこと、そして、全ての被爆者が「生きていて良かった」と心から喜べる、核兵器のない世界を一日も早く実現することこそ、私たち人類に課され、死力を尽《つ》くして遂行しなくてはならない責務であることをここに宣言します。

2010年（平成22年）8月6日

（『中国新聞』 2010年8月7日　朝刊より・現在でも

広島市役所のホームページで見ることができる）

②

2010年の平和式典（広島の平和公園）
国連事務総長挨拶

おごそかな平和宣言に、このように「いびせえ」などといきなり日常の話し言葉が飛び出した。私のほかにもびっくりした参加者が多かったのではなかろうか。全国からお集まりの中には、もしかしてそれが「どんな意味かはさっぱりわからない」という人がおられたのであろうかと思う。今年は投下した国から大使がはじめて参列したと聞く。締め括りは、潘国連事務総長の力強いあいさつがあった。注１ 65 年前、原爆の巻添えにあいとてもひどい目にあった無防備な人々や正義感でいっぱいの、いわゆる入市《にゅうし》被災者《ひさいしゃ》（入市被爆者）に思いいたって、私は大いに感動した。

当時、あの惨劇を「いびせえ」（怖い）と感じる人が確かにいた。注２ が、日常がすべて破壊されて、「いびせえ」（怖い）というよりも、我が身のことがせいいっぱい。“水を”“血が”“おとうちゃん助けて”などと地獄絵（多くは“阿鼻叫喚だ”と言っている）さながらの大混乱だったであろう。

あの宣言は、日常のひとつひとつが跡形もなく消滅した広島の廃墟を言ったものであろうか。それとも、原爆症を長く患っていて、死線をさまよいながら死を覚悟しなければならないというときであろうか。いろいろな惨状を具体的に想像する平和宣言であったのではないか。

目下収集している私の場合、いまだに印象に残っているのは「阿鼻叫喚の大混乱」である。そして、突然の廃墟は、潤いがない、まるで砂漠のように**渇ききった、しかも誰もいない広島**を想像して、私は思わずどきっとした。どうぞ、本書に掲げたＣＤを注意深くお聞きいただきたい。そして合わせて、拙編著『人類の危機に立ち会った人たちの声』（溪水社・2006 年）の３ページもご覧いただきたい。（死線をさまよっている方からの証言は収集不可能であったであろう。たとえば、家屋の倒壊で逃げ出せなくて焼け死んでしまった子どもや原爆の直撃で体が溶けて死んでいった動員学徒の呻《うめ》き声は、ヒロシマやナガサキの証言によって原爆の惨劇をあれこれ想像するばかり。痛々しい惨状は、「それはそれはこの世の出来事か、痛々しい地獄だと思うばかりであった」と、ナガサキの恒成正敏さんは当時をたいへんリアルに証言してくださっている。)

式典を終えた今、再びまた述べようと思う。冷戦の終焉から約20年たったわけであるが、**核兵器は庶民(当然のこと、私も含む)にとって全く無用である**。星空の彼方を探求するような抽象的な理想論はさておき、庶民のひとりひとりが毎日つむぐ現実の宇宙にとって、「世界を戦場とする核戦争に発展する可能性は、ひとまず退いた」(藤原帰一氏・2004年)が、地球上の全ての庶民にとってはどんな核兵器も即座に博物館行きである。そこにしか居場所がないであろう。現在、すっかり形骸化した「核の傘」ももちろん博物館行きである。

地元(広島)は、

核なき潮流　世界が結集
核の傘離脱　未来への一歩

と、大きい見出しで核兵器廃絶のための要点を抽出していた。

注１　潘国連事務総長は、「広島を平和の震源の地にして核兵器のない安全な地球にしよう」と、参加者へ希望に満ちあふれる力強いあいさつをされた。注目のアメリカ大使は、式典の約30分前に到着した。午前８時15分にはみんなと黙とうを捧げた。沈黙のまま献花もなく式典後、足早に広島を去った。が、資料館長など地元では「平和を祈る式典に米国をはじめ、新たに核保有国が出席したこと自体が大きな意味を持つ」とコメントしたが、じつに寛大であると思った。

注２　ＣＤでヒロシマの証言をした保田さんは「母が、怖い地獄を娘にはけっして見せられない」と言っていた。蜂谷道彦『ヒロシマ日記』（『日本の原爆記録⑥』日本図書センター・1991年）８月７日には

　絵にかいてある幽霊そっくりの姿勢で気持ちが悪い。近づくにつれて顔がぼんやり見えだした。大火傷で顔が溶けた兵だ。眼がみえぬらしい。私は思わず部屋が違いますと薄気味悪げに叫んだ。恐怖のあまり多少怒気をはらんでいたかもしれない。兵は黙って部屋の中をすり足でゆっくり回ってはいったところから出て行った。

と綴られていた。

備忘録　広島弁は、地元などへの配意だとか、奇を衒《てら》うものだとか、いろいろ批判が聞かれそうであった。もし、そんな気配りをこめていたとしたなら、残酷な被災者の意にはかえって沿わなかったはずという思いも残った。広島弁を含めた全般的な普段（夏目漱石『吾輩は猫である』につかわれているような「日常」）の言葉、私はそれを**日常語**と称している。今年の平和宣言は、**被爆による死への慄《おのの》き**、もしくは、庄野氏が述べたように**核兵器への恐怖など**、市民感覚をまじえてはじまったと私は好感をもっている。中立中性の一研究者として、したがって、私は‘**被爆者（すなわち庶民）**

の心情に徹底的に客観的に寄り添う’。

なお、下線の言葉は本書のＣＤでご確認下さい。

保田さん（右）は教え子の白川さん（左）へ優しく語る

和田さん（右）は若者たちに熱心に語る

③

広島はおだやかな瀬戸内海に沿っている。あの残酷な原爆は全くなかったかのように長閑な風景がつづいている。

平和宣言に取り上げられた「いびせえ」は、きっとずいぶん高齢化しているのであろう。私も深くかかわった藤原与一著『瀬戸内海言語図巻』（東京大学出版会・1976 年）を引き出して見ている。

この大きな図巻上下は 1970 年代に出版されている。藤原氏の教え子たち（私も含む）が一糸乱れぬ研鑽を積んでいた。そして大作が完成した。藤原氏が常に中心になり、独特の緊張感が張りつめていた。私たちの研究分野ではこの言語図巻はかなりの広域におよび密度の高さにおいて、精密さにおいて世界最高の言語地図集ではないかなどと、ひそかに自慢した。さて、平和宣言における冒頭の方言文と対比させて、『瀬戸内海言語図巻』の解説（『瀬戸内海域方言の方言地理学的研究』東京大学出版会・1976 年）から抜き出してみようと思う。（日常語の分布と表裏していたのであろう、原爆による住民の被災感の波紋的な広がりについてご注目いただきたい。）

○ああ、やれんのう

「オエン」[ojeɒ] がある。岡山・香川に分布している。（84 図の「ラクジャ」の分布と、縁の深い分布である。）近畿流の「アカン」[akaɒ] に似た発想のものであろうか。すくなくとも、「オエン」の表現と「アカン」の表現とには、心理の似たものがある。

「ヤレン」[jaɾeɒ] というのが、中部以西に見られる。ただし、九州にはない。やりきれないことを、「やれる」という可能動詞の打消形であらわしている。

（78–79ページ）

「ノー」[no:]が全域に見える。ただし、淡路島・小豆島には、これが比較的よわい。近畿沿岸には、「ノー」がほとんどない。北九州は、「ナー」[na:]になっている。

「ナー」が、全般的には、近畿系の分布を見せている。

「ネー」[ne:]は、他のものと併存する形で、だいたい、中部と山口県下に多く見える。

「ニー」[ni:]の分布はない。

（86ページ）

○こがあな辛《つら》い目に、なんで遭わにゃあ　いけんのかいのう

「アカン」[akaɒ]が、内海東部に見られる。」これは、近畿系のものと言える。四国がわは、「イカン」[ikaɒ]である。中国がわは、「イケン」[iken]である。九州は、「ワルイ」[waɫui]である。岡山・香川に、「オエン」[ojeɒ]も見える。

（79ページ）

九州沿岸に「カイ」[kai]がない。九州を除く全域に、「カイ」が分布している。広島県備後域には、「キャー」[kæ：]などの訛形も見られる。

（93ページ）

○こがあな　いびせえこたあ、 ほかの誰にも　あっちゃあいけん

「オソロシー」[osoɫoʃi:] が全域にうすく分布しており、広島県向島と山口県沿岸には濃い。「オトロシー」[otoɫoʃi:] は岡山・広島・大分の三県にはまれであるが、その他の地域には濃く分布している。

「キョートイ」[kjo:toi]「キョトイ」[kjotoi]「キョーテー」[kjo:te:] が、岡山、小豆島、香川島嶼《とうしょ》、備後東部に見られる。この地域にまとまっている分布相が注目される。

「イビセー」[ibise:] と「イビシー」[ibisi:] とが、主として広島県下に分布している。加えて、周防沿岸一地・愛媛西部島嶼二地・大分二地にも、これが見いだされる。「キョートイ」「キョーテー」の分布と、「イビセー」「イビシー」の分布とが、東西に分かれている。

「オジー」[oʒi:]「オディー」[odi:]「オーデー」[o:de:] などが、大分県下に分布している。

「コワイ」[kowai] が内海東部中部に見られる。この分布は、新勢力として注目されるのではなかろうか。共通語的なものでもあるので、「コワイ」は、西にいくらか散在してもいる。

（254 ページ）

とある。

今度は私（今石）の側の分布図観察であろう。しかし、私（今石）の立場からと言っても特別な方法があるというわけではない。どちらかと言えば、私なりの観察は思いつきのような、少し掘り下げた程度の内容であろうと思う。

調査の時、沿岸部に位置する広島の市街地などはわざわざ避けたのであろう。その証拠かもしれないが、調査地点は市街地には一か所もない。たぶん、これは“原爆による特別事情”であろうと、私は推測している。広島市の調査地点では、似島《にのしま》の家下《やじた》という集落が選定されているが、ここは瀬戸内海の島嶼部の一隅であって、したがって当然の選定であると言えば当然であろう。

さて、「223　恐ろしい」の観察をしてみると、確かに、「イビセー」は広島県側の安芸地域に集中している。これも確かに広島弁を代表している。たぶん、当時、老年層も少年層も一緒であろう。しかし、現在普段の会話では、「イビセー」はほとんど聞かれない。誤解されることを恐れず言えば、分布の退縮はあの原爆と大きく関わっていたのではないか、と。

「イビセー」に対しては、岡山県や広島県備後地域の側では「キョートイ」の勢力が強かった。やはり「老少」とも同様であった。広島の「イビセー」分布地域の背後はむかしは「キョートイ」が厳しく対峙していた。沿岸部では、たぶん、三原市あたりが対立場所ではなかったかと推測している。まだまだ思いつきの段階ではあるが、「イビセー」分布の退縮の何ほどかは原爆と深く結びつくのではなかろうか。以上、特色ある日常が消滅した蓋然性《がいぜんせい》があるように思うが、どうであろうか。一瞬のうちに日常が根こそぎ奪われていたので、そのような見方ができるようである。(ただし、現在では、都市化も相当拍車がかかっている。街中で生々しい爪痕を見出すことは容易でない。たぶん、長崎も同じであろう。)

庶民は日常語でいろいろな結びつきを（文化的事情も）深く保っていたであろう。当時、広島の市民の日常的な言葉は中国地域一大勢力でもあった日常語で、お互いに親しく共鳴しあえる間柄であった。その地肌までうかがわれた（広島の言葉は、おもに中国各地にその根を下ろしていた)。むかしからのつながりは言語地図をたくさん重ねて見れば推察できるのではなかろうか。

ところで、藤原氏が常々着目されていたが、**瀬戸内海は古くから言葉の廊下**（潮流や風を利用した、たとえれば、新幹線のような航路)であった。当然ながら広島弁の成立はそうした影響下にあった（陸路からの影響以上ではなかったかと思う)。広島（安芸）弁を代表する「いびせえ」がかつて東の方面に広がっていたのかもしれない。柳田國男の提唱した有名な方言周圏論（『蝸牛考』など）や藤原氏の方言の周布論（『方言学』など）を参考にして分布の解釈もしていただきたい。

1945（昭和20）年8月6日朝8時15分、広島は、青天の霹靂《へきれき》、突然、原爆が住民を襲った。広島の日常生活が一瞬のうちに消滅した。広島は廃墟になってしまった。広島弁の一大勢力もその埒外でなく、一瞬の内に消滅したであろう。市民の中には運よく生き残った人もいたが、壊れた家屋に押し潰されて逃げるすべもなく、そのうち火が迫ってくる、“助けて”と、悲痛な叫び声が聞こえた。しかし、周りの人たちはどうすることもできなかった。大袈裟かもしれないが、私たちの精進潔斎により出来上がったかと思われた自慢の言語図巻において、広島市近郊など、たくさんの方々へと、あらためて、私はあれこれと推察してみた。

備忘録（その1）『瀬戸内海言語図巻』の分布地図は、厳密・精密をきわめていると思う。1960年代末のころ、広島大学の藤原研究室で緊張感をもって、作図作業などがおこなわれていた。しかし、そのころ、ちょうど大学紛争のまっ最中であった。荒れ狂ったときばかりは、近くにあった拙宅に緊急的に避難したことがあった。この言語図巻はその点で、私には切っても切れない、青春そのものであった。一度ぜひ見ていただきたい。

備忘録（その2） 原爆は「怖い」というより、庶民に対して「非人道」だと、私は思っている。平和宣言にも登場していたが、一見、向こう側のようにも観える「イビセー」よりは、むしろ「ムゴイ」とか「ヒドイ」とか叫ぶ（こちら側のような認知の）方があの惨状に対してぴったりするのではなかろうか。原爆の暴挙による日常性の否定は、なんともたいへん残酷な状態である。

ＣＤは、広島や長崎という地域に根ざす「日常の消滅」であった。

本書のＣＤで、保田知子さんは、「みなれた石うすですから、ああ、ここが家のあとだと思いましてね、石うすをちょっと両手であたったんですよ。ぱらぱらと、その石うすが崩れて粉になってしまって、あらーっと思ってねえ。」などと言っていた。『原爆の声』のＣＤでは、三山甲子さんが家の方角を見て、“もう、どうひよう（しよう）かおもーて、どうしてえーかわからんかった”と、深い嘆息まじりで驚愕《きょうがく》の声を挙げていた。保田さんも、三山さんも日常生活を全部奪われてたいへん悲嘆にくれた。

なお、傍線の言葉は本書のＣＤでご確認下さい。

備忘録（その３）　ところで、原爆問題とは直接つながらないが、現代の世相の一班、ごぞんじのとおり、「親の育児放棄による幼い二児の死」事件、「高齢者の行方不明」などはあまりにも悲惨ではなかろうか。人間の生命を軽視する負の連鎖のあらわれであろう。人間存在の基本である親子関係がまったく希薄になっている証拠でもあろう。

2010年8月21日のテレビ報道の特集番組でも「親の育児放棄による幼い二児の死」がとりあげられていた。テレビでは、二児の胃の中には何もなく「ムゴイ」と言っていた。幼い二人の冥福を祈る花束は後を絶たないそうである。隣に住んでいる若者は自分が助けてあげられなかったことをとても悔やんでいる。

日常的な言葉がまざった被爆証言（ヒロシマ）

――新田篤実さんの場合――

①

新田篤実さんの了解を得ながら、動員学徒時代の旧制広島市立中学校原爆死没者慰霊祭実行委員会編『鎮魂《ちんこん》』（2008年刊行）に掲載された体験手記を原文のまま掲載する。ただし、次の②にはほとんど同一内容を掲載するけれども、その方は日常語がまざった談話形式の予定である。

広島の街も、人も被爆五十年を迎えました。

昨年は「第十二回アジア競技大会広島一九九四」を成功裡に終え、施設面でも都市基盤でも一回り大きくなり、市民もアジアの理解は大いに進みました。広島の人も、街も「平和発信基地」として自覚を生みだしました。

終戦後五十年、原爆被爆五十年にあたる平成七年の新年を迎え、戦争・平和を問い直すべき年と考えていた正月十七日、兵庫県南部地震に驚愕しました。

十二世紀初め、広島にゆかりの深い平清盛によって「福原《ふくはら》の津」として拓かれて九百年近く繁栄を続けた神戸が、瞬時に崩壊しました。

五千五百名を超える死没者に、心から哀悼の意を表するとともに、三十万人の被災者にお見舞いを申し上げます。

震災のニュースが報じられるとともに、全国から世界の国々から救援の手が差し伸べられました。刻々のニュースを聞きながら、平和でよかった、経済的に文化的に豊かでよかった、との感慨を持ったのは私だけではないと考えます。

五十年前の八月六日の朝から夜までの凄惨《せいさん》な広島の出来ごとを思い起こします。わが父母、兄弟、子どもの最後を看取ることのできなかった広島市民の多くの人々の無念を知っています。五十年経った今もなお原爆死没者の数が十万人とも二十数万人とも云われ、死没者数の定まらない日の悲惨なできごとの一つひとつを鮮やかに記憶しています。

生き残って小町《こまち》に帰って来た人達と、防火道路(現在の平和大通)の建物疎開のため解体した家屋の焼け残った残材と、焼トタンで囲ったバラックで共同生活した日々のこと、四か月余りの共同生活のあと、昭和二十年十二月住宅営団の配給で、価格三千五百円で六畳・三畳・一間の押入、便所、二畳の土間兼玄関を建ててもらい、移り住んで、畳の上で家族だけのホットした喜びの日のこと。またそのバラックをたてるために家の跡地を整地中に行方不明の母の遺体がみつかって、二十四時間かかって荼毘《だび》に付して、お骨になった深い悲しみの時が思い出されます。

五十年前、私は中学二年生、十三才でした。

二年一組、八月一日、呉工廠《くれこうしょう》造船実験部（千田町《せんだまち》、県立広島工業学校内）に通年動員が下命になり、入所式がありました。二日から五日まで最後の夏休暇があり、八月六日（月曜日）が初仕事になりました。その仕事は芸備線下深川《しもふかわ》の銅山廃坑に造船実験部の重要書類を疎開させるというものでした。

六日朝五時、深夜の空襲警報騒ぎで眠い目を擦《こす》りながら起床、六時過ぎ小町の自宅を出て、途中警戒警報のサイレンに追いかけられ、徒歩で広島駅に七時三十分集合。警報解除、七時五七分発の列車に乗車。列車は満員で、次の列車だなんて云っている中に郵便車両に押し込まれて発車。戸坂《へさか》を過ぎた辺りであったろうか、「Ｂ２９が見える」という声が上がった。間もなく矢口《やぐち》のトンネルに入り、暗闇の中で列車がガクンとすると同時に、経験したことのない激しさで耳がツーンとする。やがてトンネルをでて外をのぞくと、広島方面の真っ青な空にムクムクと湧《わ》き上がる雲、上空には落下傘が三つ北の方へ流れて行く、「Ｂ公墜落だ！」と手を打って喜ぶ、原爆のキノコ雲であり、観測用のラジオゾンデを吊るした落下傘とは知る由もありません。下深川に到着、下車、広島からの書類を積んだトラックを、駅前の藤棚の下で待つ。そばの家のラジオが突然悲痛な声で「こちら広島放送局、甚大な受け放送不能です。大阪放送局、連絡放送をお願いします。」と繰り返し放送が聞こえてきました。それまで何の屈託《くったく》もなく、トラックのこないのを楽しんでいた級友一同に、動揺の騒ぎが起こりました。

昼頃には、蟹屋町《かにやちょう》・機関区周辺で負傷した人達が街道を北上する姿を見せ始めました。避難する人達に聞くと、尾長《おなが》とか蟹屋とか周辺の人達で、市の中心部の人達には全く出会いません。先刻の連絡放送を聞いて、流川《ながれかわ》の放送局が被害を受けているのにと思いながら、不吉な事は打ち消そうとする心の葛藤に悩まされながら時が経って行きます。

弁当を食べながら、今夜のために半分残すべきか考えながら。一方大根入りのご飯だからこの暑さでは腐ってしまうと言い聞かせて全部平らげてしまいました。

二時間半、三次からの救援列車に乗車できました。平素なら三十分のところを三時間余り掛って、矢賀駅到着が六時、ホームに紺色の国鉄の制服の女性が二人、制服は焼けてボロボロ、露出部分は全て火ぶくれの負傷です。恐ろしい姿を見た最初です。

矢賀《やが》の駅前で、本通《ほんどおり》の熊野さん（当時熊野町《くまのちょう》の婦徳高女の先生）に出会い、本通《ほんどおり》・袋町《ふくろまち》・小町の惨状の話を聞き、小町に帰らずに矢賀のお寺に一緒に泊まるように諭されましたが、「今朝出た家が・・・・まさか」と云う感じで、なかなか話の惨状が理解できず「今夜泊まるところがなければ矢賀まで戻る」ようにお寺の名前を聞かされて別れました。

大正橋《たいしょうばし》・段原《だんばら》・比治山下《ひじやましした》と被災した家並みを眺めながら鶴見橋《つるみばし》東詰に辿りつきました。大きな柳の木の許に大塚のおじさん(鮮魚商)、栗林の子ども二人が座り込んでいるのに会い、声を交わす。「むごいことよのう」という声をかけられたが、なかなか理解できません。

宇品《うじな》の方へ帰る友人、今村・横田とここで別れて米山・田村・前川・杵築と私の五人、橋を渡り西詰に出ると、三、四人の倒れた姿を見ました。地獄でもこんなに惨《むご》くはないだろうと思われるほどの残酷な死の町の姿です。至るところに死んだ人が横たわっています。防火道路（今の平和大通、当時既に鶴見橋から新橋《しんばし》——平和大橋——までは建物疎開はほぼ完了していました）を西に進むのに倒れた電柱、死んだ人を避けるために、声を掛け合ってジグザグに歩かなければなりませんでした。

竹屋橋《たけやばし》のところまで来ると全身火傷の人が、茶碗のカケラを持って私達に「水！」「水！」と差し出します。いつもドブ川のような平田屋川《ひらたやがわ》に溢れるほどの水が流れていました。
この辺りで、竹屋《たけや》の前川、千田《せんだ》の米山、大手町《おおてまち》九丁目の田村と別れて杵築と二人になりました。トコトコ歩いていて小町辺りだと思うのになかなかわかりません。やがて右手に県女の「有朋館」が倒壊し焼けないで小山のような有様を見つけました。その南の方を見ますと、焼け跡の残り火の中に四、五人の姿が浮いて見えます。

近づくと、父の声が聞こえました。残り火の中を駆けました。父は健在でした。「母や兄」のこと、近所の人々の消息、倒壊した家屋の下敷きになって救出できず、火が迫ってきたのでそのままになった人のことなど、生死が案じられました。

その夜は防火道路の中の堅固《けんご》な防空壕が残っていたので、その中で寝ることにしました。着の身着のままですし、蒸し暑いのと、異常な体験になかなか寝付かれません。外へ出て南の方を眺めながら色々と体験した出来事の話をしていました。

千田町の方から炎が燃え上がるのが見えます。深夜には中国配電の本社ビルの四階が燃えはじめ、真暗闇の中、窓から紅蓮の炎が吹き出すさまは、壮絶としか云いようのない恐ろしさでした。救援のための暁部隊の兵隊さんのザクザクという足音と、炎の吹き上がるゴオーという音だけが聞こえました。

広島壊滅の長い一日の終わりです。

（下線は今石が付す）

備忘録　本書ＣＤ保田さんの証言では「対岸の吉島の刑務所があるの。その刑務所の囚人の人が。だから、囚人は青い服着てるからわかったんですけど。その人が川舟を、こう、どういうの、さおさしてきますでしょう。そしてね、その死体をね、長あいさおの先に、こう、かぎがついているんです。それで、引き寄せては舟に乗せるんです。それで重ねていくんです。ぼんぼんぼんぼん。」という描写のところで、新田さんは囚人ではなく、暁部隊のものだったと指摘されていた。

②

新田さんは45年前の体験を母校の袋町小学校の生徒さんたちへ語りかけた。子供たちへ優しく、しかも日常語をたくさんまじえながら、子どもたちの目線に立って、**日常の幸せの消滅**を語りかけた。その様子はＤＶＤとして収録してある。（オリジナル版は広島市立の図書館に寄付されたそうであるが、数年前、私は新田さんからＤＶＤの複製版と文字化したものを直接いただいた。最後の部分は私の都合で割愛いたしているが、日常の重要語ではないかと思っていた「ムゴイ」とか「ピカドン」などは文字化のままだけでなく、一部のものにはデジタル分析も添えながら、現在の科学水準により精確に後世へ伝えたい。）

５０年前の８月６日はちょうど中学二年生でした。当時広島市の中学一年二年生というのは、全員疎開作業に、一週間のうち6日ぐらいは今の平和大通へ、防火道路、疎開道路というのが出来ていたのですが、兵隊さんやいろんな勤労奉仕の人達が、建物の柱を切ってまわっていました。その後でその柱の屋根にロープをかけて引っ張って倒していきます。続いて今度は中学生、女学生がその瓦を全部取り除きます。そうして、建物を解体していくわけです。そういう作業を皆がしていました。ですから平和大通りのあたりでは、現在は地蔵通《じぞうとおり》といいますが、あのあたりに第二県女、山中高女の一、二年生が作業員で出ていました。注1 そういう状況の繰り返しで、8月6日を迎えました。

私は当時中学校二年生で二年一組というクラスでした。クラスは5クラスありました。私のクラスだけ、千田町の現在の工学部の跡に広島県立工業学校というのがあり、当時は県工といっていましたが、現在の皆実町《みなみまち》にある工業高等学校の前身で、そこに作業に来ていました。

そこへは呉工廠の造船実験部という組織が呉《くれ》から疎開して広島へ来ていました。そこへ、8月1日に通年動員になっていました。

通年動員というのは、「もう学校へ行って勉強する時間はないですよ、ずっと勤労奉仕だけするんですよ」という事です。8月1日に入所式があって、2日から8月5日の日曜日まで、最後の夏休みというのでお休みをもらいました。そして、その間に「田舎へ帰る人は帰ってきなさい、川遊びする人は遊びなさい。」と言うことで、私も今の平和大橋の上流の方で泳ぎに毎日、３、４日通ったのを覚えています。そして８月５日の日の夜は、空襲警報、警戒警報が繰り返し発令されて、寝不足のまま８月６日の５時に目を覚ましました。そして家族みんなで朝ご飯を食べ、と言っても私の父はその日帰っておりませんでしたので、兄や母と食事をして、私は６時に家を出ました。そして当時、中学生は電車に乗ることが出来ませんでしたので、歩いて広島駅まで行きました。広島駅には７時半に集合という事になりました。

袋町小学校からずっと歩いて広島駅へ行ったわけです。広島駅へはちょうど７時半ごろ着きました。家を出て、少し歩いた頃に警戒警報が発令されました。当時中学生は、「警戒警報では家に帰ってはいけません。それぞれ目的の場所まで行きなさい。空襲警報に変わったら家に帰っても良く、何処かに避難してもいい」と言うことになっていました。ですから、そのまま歩いて広島駅へ行き、ちょうど広島駅に着いた頃に警戒警報が解除になりました。そして私達二年一組の５０人は、芸備線の列車に乗ろうとして、７時５７分、原爆の落ちる１８分前に広島駅を出る列車に乗りました。しかし、客車が満室で乗れませんでした。それで私達は「これなら作業がさぼれる。この汽車は乗れないなら次の汽車にしよう」と言う話をしていたら、担当の川村先生とホーム助役という人が話をして、「全部郵便車に乗りなさい」と言われました。

当時は郵便車というのが一両ずつありました。その郵便車へ押しこまれて予定通り７時５７分に広島駅を出ました。私達は先ほどお話した８月１日に呉工廠の造船実験部に通年動員になって初仕事に、下深川に銅山の廃坑がありましたが、そこへ造船実験部を疎開させるために行きました。

広島駅を出て、矢賀（駅）、矢口の駅を過ぎて、矢口のトンネルに入る前に、列車の反対側にいた友達が、「ビー公（B 29）が見える。ビー公が見える」と、列車の窓から青い空を北上するB 29を見てそういう声をあげました。それでドドッと進行方向に向かって左側の窓の方にみな行ったのですが、その時にはもうトンネルに入りました。

トンネルの中で、ツーンとする衝撃、列車がガクンとする衝撃を受けました。よく広島の人が言う原爆が落ちた時を、「ピカドン」という表現をしますが、私には「ピカドン」という経験はありません。ツーンとした経験だけです。

矢口のトンネルを出ると、今度はやはり他の友人が「落下傘が見える。落ちてる」と叫びました。そして「広島の方へ黒い雲が沸いているから、あれはビー公（B 29）が落ちたんだ、撃墜したんだ」と言って、ワーッと一瞬歓声があがりました。それがまさか、広島に原子爆弾が落ちたのだということを知りもしませんでしたし、原子爆弾というものすらみんな知らないわけです。

その落下傘というのは、米軍が広島に原爆を落として、そのあと死傷状況や、色々なことをテニアンに通報するためにラジオゾンデをぶらさげた落下傘だったようです。

後で調べてみますと、可部町《かべちょう》の亀山《かめやま》というところに、その三つの落下傘は落ちたということでした。

そうとは知らない私達５０人は、B 29が撃墜されたのだと思い込んだまま矢口のトンネルを出て、玖村、下深川というように進みました。そして下深川の駅で下車したのですが、広島から疎開中書類を積んだトラックがきません。駅前で整列して待っていたのですが、トラックが来ないので、駅前のお店の前に藤棚がありましたが、その下で休んでおくようにと言われ、ワイワイガヤガヤしているうちに、１０時半頃、ぼつぼつ怪我をして、肩を抱き合ったりした人達が街道を北上してくる姿を見ました。話を聞いてみると、広島駅とか駅の機関区、蟹屋町、大須賀《おおすが》から来たという人達ばかりでした。

私は市内の小町に住んでいましたから大丈夫だと思いました。今でも蟹屋《かにや》の方に住んでいる友人がいますが、その友人に「お前、はよう帰らな家が大ごとで」と伝えました。避難してくる人の話では、家の傍に爆弾が落ちたという話が主で、わずか一発の原子爆弾でそんなにひどい被害を受けているとは思わないですから、

「うちの傍に爆弾が落ちたのだろう。もうどうしようもないから、少し怪我もしたし親戚を頼って行くのだ」という話ばかりでした。

私達は相変わらずワイワイガヤガヤやっていますと、それまで沈黙していたお店のラジオが（当時は中学生ですから腕時計を持っていませんでしたので、おそらく１１時ごろだったと思いますが)、突然ガーガー言い始めました。「こちら広島放送局です。甚大な被害を受けて放送不能です。大阪放送局に連絡放送お願いします」という悲痛な声がラジオから繰り返し繰り返し聞こえてきました。

当時の放送局というのは、流川の幟町《のぼりまち》小学校の西南の角に二階建ての建物が今でも残っていますが、それが当時のＮＨＫの広島放送局でした。今、放送局といえばあの大手町二丁目の角にある放送センターを思うかもしれませんが、当時は二階建ての鉄筋コンクリートの建物でした。それが、大変な被害を受けたということですから、担任の川村先生がその近所（ＮＨＫ広島放送局）から通う人でしたので、クラスの全員がガヤガヤし始め、そうこうするうちに昼になりました。

お昼ご飯を食べるのに、それまでは蟹屋と貨物駅などの駅の周辺の人や友人に「お前半分残しときよ。家に帰っても食べるもんないぞ」というような話をしていたのですが、今度はそれが私達にまわってきたのです。

当時の弁当というのは給食ではありません。それぞれみんなが弁当を持っていくわけです。白いご飯とおかずを別々に持って来ている友人というのは殆どいません。大根まじりか、お芋混じりのご飯です。大根やお芋が混じった弁当というのは腐りやすいですから、「残しても夕方までもたんよ。腐るけえみな食べる」とパクパク食べてしまいました。

食べ終わると広島からのトラックが来ませんし、することがありません。先生は、早く広島に帰りたいという話をするのですが列車が来ません。そこで、川村先生が下深川の駅長さんと交渉してやっと連絡が入って、「三次から救護列車が3時前には着くだろう。そうしたら５０人をその救護列車に乗せてやる」ということでした。そして、2時半すぎ3時前にその救護列車が来ました。そしてやっとギュウギュウ詰めの救護列車に乗りました。

普通なら３４、５分で広島駅に着くのですが、そういう状況の中ですから、１、２分走っては２０分くらい止まります。今考えてみると、鉄道の信号が全部破壊されていたのだと思います。ですから安全を確かめながら少し走っては１０倍も２０倍も止まり（そしてまた走る）、ということを繰り返したのだと思います。ですから下深川から広島駅の一つ手前の矢賀の駅に着いたのが6時前でした。もうそこから広島駅へは行かれないというので、矢賀の駅でみんな降ろされました。そして、そこでみんな解散。≪以

下、新田さんは、矢賀駅から爆心地近くの小町にある自宅の方向へ帰るのであった。≫

当時は、宇品方面、袋町千田方面というように、皆それぞれバラバラに帰らずに、皆が帰る方向が同じ者は一緒に帰るという方式がとられていました。

私は、宇品の方へ帰る人、そして千田町へ帰る人、鷹野橋《たかのばし》の方に帰る人、袋町へ帰る人というように、８人ぐらいで矢賀の駅から出ました。

矢賀の駅を出て少し行ったところで、本通にキショウ堂館という学校の制服や帽子を扱うお店がありますが、そこの、当時熊野町の婦徳高女、婦徳高等女学校の先生をしておられた、熊野さんにばったり出会いました。

「新田篤実ちゃんよ、あんた帰っても駄目よ。わしは熊野《くまの》から昼前に本通に入ったが、全部人が死んでいる。建物も全部壊れて燃えさかる最中だ。だから帰っても駄目《だめ》だから矢賀の寺にわしは泊まるから、一緒に泊まろうや。明日あんたは小町へ帰ったらどうか」と勧めていただきました。だけど、朝６時に家を出たのに、こんなに一瞬のうちに家が焼けてしまうとか、無くなってしまうとかいうことはおそらく誰も思いません。それで色々勧められたのですが、その熊野さんの話に逆らって、「僕は帰る。友達と一緒に帰る」ということで、帰りました。そうしたら、熊野さんが「今晩矢賀のお寺へ泊まるから、小町へ行って駄目だったら帰ってこいよ。何時になっても帰って来い」という風に言っていただいて別れました。

大正橋《たいしょうばし》を渡る時に警備をしている軍人さんに、ずっと橋を警備していましたので、そこで事情を話して「自分も（今から）家へ帰るんだ」と言うと、「食べる物がないだろうから」と言って乾パンを一袋ずつもらいました。

その頃は食べ物がないですから、乾パンといってもいろんな乾パンがありました。最近は非常食用として缶詰になった物がありますが、僕らがもらった乾パンというのは紙の袋に入った乾パンなのですが、他には金平糖が５、６粒はいった乾パンもありました。ですが、僕らがもらった乾パンは何も入ってない乾パンだけのものでしたので、「兵隊さん、金平糖が入ったのくれ」と言ったら「そんなもんない」と怒られました。

当時は食べる物をいただくというのは大変うれしいことでしたので、喜び勇んで帰りました。しかしその時、大正橋を渡った頃に、なんと言ったら良いのか、異様な状況がだんだん迫ってくるのを感じました。原爆で被爆した人の会ったのは、矢賀駅を降りた時に、女性の鉄道員で紺色の制服がズタズタに破れて火ぶくれになった方に会っただけで、それまでほとんど火傷という人には会わなかったのですが、大正橋を渡って段原に入った頃にはぼつぼつその様な人に会いだしました。ですが、死んだ人はまだ見ませんでした。

段原の方は、家が倒壊している程度であまり焼けた家はなかったのですが、比治山下の電車道へ出て松川町《まつかわちょう》の方へ行きますと、食糧倉庫がもう焼け落ちていました。トタン、瓦、材木、看板とかが飛散した電車道路を、けがをしないよう避けながら歩いて鶴見橋まできました。そして鶴見橋で今も東詰にある大きな柳の木の下に、ちょうど近所の大塚の魚屋のおじさんと栗林さんの三つ四つの子供が３人ほど（立って）おられました。私が「大塚のお

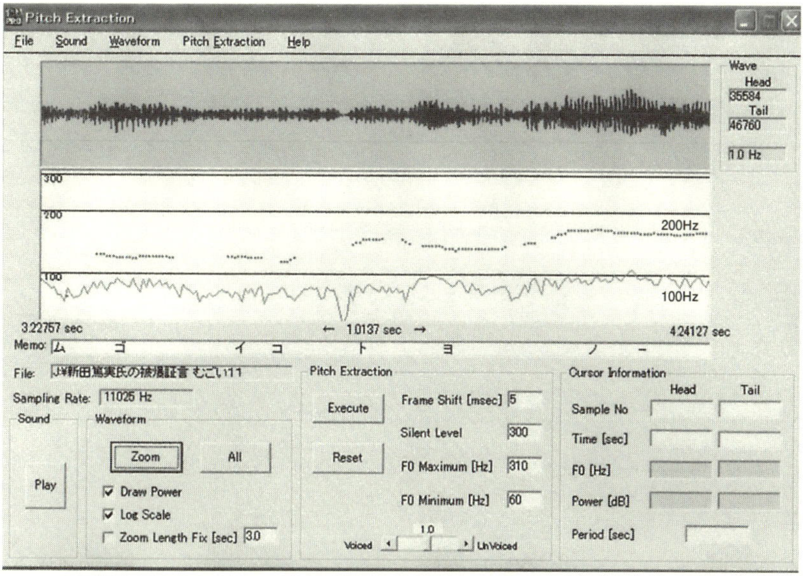

「ムゴイコトヨノー」のピッチの変化は 100 ～ 200 Ｈｚの間の周波数軌跡に注目していただきたい

じさん、どしたん？」と言うと「おう、大変なことよのう、酷いことよのう、惨いことよのう」と言うばかりで具体的な話は全く聞けませんでした。

だけど、けがはあまりされていませんでした。そして「じゃあ、僕はもう小町げえ帰るけん」と言うと「うん、気をつけて帰りんさい。わしと栗林の子どもがここにおることを人に会うたら伝えてくれ」と頼まれて別れました。鶴見橋を渡ったところで、初めて横たわっている人、おそらく死んでいたのだろうと思いますが、その内の何人かの人はたたきつけられるように倒れているのを見ました。その様な光景を見たのは、私は生まれて初めて、同級生も８人ぐらいいましたが、おそらくみんな初めてだっただろうと思います。

鶴見橋の所で、宇品の方向へ帰る３人とは別れました。そこからは、千田町と鷹野橋と小町へ帰る６人が一緒でした。私達は、死んだ人を避けながら歩きました。もう誰もものを言いません。ただ６人が固まって倒れている人を避けながら、死んだ人を避けながら歩きました。その内、だんだん感情が麻痺して来ました。注2 初めて見た時にはみんなゾッとして黙ってしまいました。その様な光景をたくさん見慣れてくると、しかも普通の亡くなり方ではないわけで、死に様がもうさまざまでした。しかも電柱も倒れています。鶴見橋から現在の平和大通がありますが、そこが疎開道路、防火道路と言って、今の平和大橋の所までは出来あがっていましたから、真ん中の道路は割に開いているのですが、電柱が倒れたり、人が横たわっているので防火道路をジグザグに歩いて「あっちは駄目だ、こっちに来い！」という声を掛け合いながらずっと歩きました。

地蔵通と並木通《なみきどおり》の筋、今の平和大通ですが、そこが元は平田屋川、竹屋川《たけやがわ》という人もありますが、そこへ竹屋橋という橋がありました。今も、富士見町《ふじみちょう》の角に竹屋地蔵というお地蔵さんがお祀《まつ》りしてありますが、それが竹屋橋の傍に昔からありました。その竹屋橋のところに来た時に、竹屋町の方へ帰る前川と、千田町に帰る米山と、大手町に帰る田村と別れるのですが、そこで、ちょうど竹屋橋の上に全身ずぶぬれのおじさんが、「水をくれー、水をくれー」と言って、茶碗のかけらを持っておられました。誰も近寄る勇気がないので、私と田村と２人で近寄り、田村が「おじさん、その茶碗かしんさい」と言って、その茶碗を取って、竹屋川は当時どぶ川だったのですが、おそらく水道管が破裂していたのでしょうか、竹屋川の水がいっぱいにあふれんばかりのきれいな水でしたので、水を汲んでおじさんにあげました。おじさんはゴクンと飲むか飲まないかで、そのおじさんは倒れてしまいました。それで、みんなで「火傷には水はいけない」ということをよく習っていたので、「やっぱり火傷したら水はいかんのよ」という話をしながら、そこで千田町へ帰る米山、鷹野橋に帰る田村、そして前川とは別れました。そして、私と杵築という人と２人で小町の方へ、今の平和大通、当時の防火道路を西にたどりました。

ほとんどの家が焼け落ちてしまって、火災も所々に残り火があるくらいで、真っ暗い街でした。矢賀に６時に着いて、中学二年生の足でキョロキョロしながら、避けあい、避けあいながら歩いて小町に着いたのが、おそらく８時前くらい、もう薄暗くなって、あとは残り火が所々に見えるくらいの感じでした。朝、家を出たのですが、小町の我が家の所在がさっぱり見当がつきませんでした。竹屋橋からこれだけ歩いたのだから、もう小町だと思うのですが、建物がないと感覚的につかめませんでした。

今考えてみると、中国電力の当時は中国配電と言っていましたが四階建ての建物が残っているので、小町だということは間違いないと思っていましたが、ちょうど中国配電の右手に県女と言っていましたが、現在の皆実高校で下中町《しもなかまち》に広島第一高等女学校がありました。そこの友朋館の二階建ての建物が倒壊しただけで、焼けないで不思議に残っていました。そこの通りを南に行けば我が家でしたから、その友朋館を見つけて、杵築さんと２人で「おい杵築こっちじゃ」と言いながら小町の方に向かっていると、残り火の影に３、４人の人の姿と声が聞こえました。その中に間違いなく私の父の声がしました。もう焼け跡も火の海も何もわからずに駆けていったのを覚えています。「やっと辿りついた」。たくさんの人が死んでいるのを見て来ていますから、神経も麻痺して、怖いとか、恐ろしいとか、悲しいとかと言った、そういう感情はいっさいありません。注3 とにかく親に会えたという喜びだけです。当時そこで会った人で現在も生き残っている人は杵築と私だけだと思います。私の父も亡くなりましたし、立町《たてまち》の島田さんのお兄さんも早くに亡くなられました。内藤さんとか大勢の人が当時そこにおられましたが、みんな亡くなられたと思います。その当時出会った小町の人達、家の下敷きになりながら抜け出してきて無傷のように見えた人達も3、4日のうちにほとんど放射能の影響で亡くなられました。

その時秋山先生は、助け出そうとしましたが、火が迫ってきて、産婦人科ですから、太いガス管が入っていましたので、その下敷きになって助け出すことが出来ませんでした。ちょうど私の家の隣のお医者さんでしたが、火が迫ってきて、とうとう自分の身が危ういから秋山先生を放って逃げたという話です。

又、内藤さんという方は、中国電力の地下にいて無傷で助かり、良かったという話をされました。そしてその晩は、そういう人達と一緒に、今の平和大通、当時の防火道路の中へ頑丈な防空壕が一つあったのですが、その中へ入って過ごそうということになりました。私は当時平常心ではありませんから、静かに眠ることが出来ませんでした。ですから知人の亡くなった話や、私が大塚の魚屋のおじさんに鶴見橋の東詰の柳の木の下で会った話とか、栗林の子供に会ったとかいう話をしていました。そうすると、ちょうど深夜、真夜中だったと思うのですが、中国電力（中国配電）のビルの４階から火が噴き出しました。建物は３階付近まで焼けて、４階までは焼けてなかったと思いますが、それを眺めていました。それと前後してずっと南の方、今の千田町方向で火が出ました。真夜中ですから真っ赤な炎が上がるのがはっきりと見え、それをずっと眺めていました。そうしていると、その後たまたま下中町の県女の前の弁護士さんで、記憶は定かではありませんが、二中の一年生で、「この人がこの近所の人だと思う。火傷しているけど、連れて行くとこがないから預かってくれないか？」と言って全身火傷の人を大人の人２人が連れて来ました。その中学生は、私より一つ下の学年でした。明け方までずっと防空壕の中で「あっちーよ、あっちーよ」と言う声をだしていました。今も７月になって暑くなると、その「あっちーよ、あっちーよ」と言う声を思い出します。ですが、異常な状態ですから、怖いとか恐ろしいとかいう感情はありませんでした。注４ 明け方になり、島田のおじさんと他の人達が、日赤へその中学生を送って行きました。

真夜中になって、宇品に船舶隊という陸軍の中で海の守りを固めて輸送担当の部隊がありましたが、その部隊の中の特別幹部候補生、中学を出て下士官になるために任用された特別幹部候補生で、全部三ツ星の上等兵が救援に深夜から出て来はじめました。そして、夜通しザクザク、ザクザクという足音がしていました。それと、中国電力（中国配電）の４階の燃え上がるゴォーという音が響いていました。

広島が壊滅した姿、焼け野原、そして私が記憶しているのは、今の白神神社《しらがみじんじゃ》の電車道から私の家まで120 mぐらいあると思いますが、その100 mか120 mの巾の道路中に、僅《わず》かのうちに船舶隊の兵隊さんが収容した死体が９７体ぐらい、確か100体まではいかなかったと思いますが、それくらいの死体があったと思います。

私の同級生が250人います。一年生が当時270人くらい、全部で470人から520人くらいいました。そしてその後の記録では、380名の人が亡くなったり、行方不明になっています。ですから、その380名のうち自分の親の家を訪ねて帰って亡くなった人、草津《くさつ》で亡くなった人、あるいは日赤で亡くなった、似島で亡くなったというように最後がはっきり分かっている人は120人ぐらいしかいません。あとの260人ぐらいは多分亡くなったのだろうというぐらいで、生死が確認できないまま５０年が経っています。４年前に袋町学区の地図を見て色々調べてみたら、当時袋町学区には、はっきりした記録はないのですが、広島原爆戦災誌によりますと、袋町学区全般で6,400所帯ぐらいあったようです。今が3,300

所帯ぐらいですから今よりもまだ、3,000所帯ぐらい多かったのだと思います。そして、人口が23,000人くらいいただろうということも広島原爆戦災誌の中に出ています。当時袋町小学校は原爆戦災誌によると、広島市袋町国民学校と呼ばれ、小林校長先生以下先生方が３４人、児童が886人いたと書いてあります。そして学童疎開が、４月の15日になっています。双三郡《ふたみぐん》の方へ596人の児童が学童疎開をしています。お寺の名前もみな記録に残っています。そして残っていた290人くらいのうち７０人の高等科の女子の人は、雑魚場町《ざこばちょう》、今の富士見町と国泰寺《こくたいじ》一丁目のあたりですが、そのあたりの疎開作業に７０人の人が行っています。そして学校には140人の生徒が残っていたようです。残った生徒は朝礼がすんで、学校の校舎の残骸の整理をしていたようです。だけど、「大変です、大変です」という話をするのはこの原爆戦災誌の中にもあるように、小林校長先生は即死ではなかったのですが亡くなっておられます。ですが加藤先生、久保田先生という方のお話だけしか記録として残っていません。おそらく、袋町小学校の児童も（私の家が爆心地からちょうど600 mですから）即死だったのではないかと思います。そういう大変ひどい様子は、口では言い現せない残酷《ざんこく》な姿でした。　（下線は今石が付す）

注1　第二県女とあるのは、広島第二高等女学校のこと。拙編著『原爆60年の声』（自家版・2005年刊行）の14-16ページ、87-99ページなどを参照されたい。

新田さんの証言にあるように、広島市内にあった中学校や女学校の生徒は家屋（建物）疎開にかりだされ、全滅した。とても悲しい証言であるが、たとえば、この証言者の通った旧制広島市立中学校は、現在、広島市立基町高等学校が引き継ぎ、毎年、8月6日に原爆慰霊祭をしている。ところが、この第二県女は、戦時中に設置されて戦後廃校になったので、原爆慰霊祭を引き継ぐ学校がないままである。

注2　注3　注4　地獄のような光景を見て、新田さんは、一時的に、人間感情がすべて停止したのであろう。なおまた、本書のＣＤにある保田さんや和田さんも同様であろう。なぜなら、残酷な惨状の中、新田さん・保田さん・和田さんたちいずれも一時的にせよ、原爆により**日常の幸せが剥奪《はくだつ》されてしまった**から。本書ＣＤの保田さんや和田さんの証言も改めて注意深くお聞きなおしいただきたいと思う。ところで、新田さんなど、生存している方々はどのようにして日常をとり戻されたのであろうか。

備忘録　広島市は、毎年8月6日の日に平和公園で原爆死没者の慰霊祭と平和祈念式典を行う。被爆国の日本としては当然のこと一大行事であり、世界中に、広島市長は平和宣言を送っている。長崎もそうである。その一方、動員学徒の被災については、市内の高校の生徒たちなどが受け継ぎ、じつにひそやかな慰霊祭があちこちで行われている。

いきさつをよく知っている年配者は「原爆悲劇に見舞われた学校の生徒たちなどの死没者は学校単位でしめやかに慰霊祭がおこなわれ、みんなで戦争を憎み平和を祈念し、質素におこなわれる。他方、一般市民の死没者は自治体の広島市が主催して平和公園で盛大に行われる」と教えてくださった。長崎でも年配の被爆者がほぼ同様の意味のことをおっしゃった。(ただし、長崎の場合、8月9日の当日は避けて、各自でひそやかにおこなっているとのこと。)

広島第二高等女学校（第二県女）の碑の前で
教え子たちと冥福を祈る

なお、この第二県女については、拙編著『人類の危機に立ち会った人たちの声』及び『原爆の声』をご覧下さい。合わせて、野地潤家氏の『歌集 柿照葉』(溪水社・1975年)、関千枝子氏の『広島第二県女二年西組（原爆で死んだ級友たち)』(ちくま文庫・1988年)、などもご覧下さい。(偶然ながら、本書の出版社である溪水社はこの近くの地蔵通である。)

被災体験談資料のリアリティー

①

日本軍も絶対的な支配者だったのであろう。広島市内の鶴見橋付近にあった両親（義理の両親）の家は理不尽に強制的に比治山付近、そして皆実町へと転々とさせられた。母（義理の母）の妹（母の実家、竹原市に住まいし、女学生だった）はたまたま広島市の実姉（私の義母）に会いに来ていて、的場《まとば》の電停で電車を待っていたとき運悪く被爆した。自力で中山《なかやま》まで避難していた。父（義父、当時広島市から遠く離れた県北にいた）はすぐさま広島市に戻ってきた。ようやく重傷の妹（義理の妹）を中山で見つけた。そのとき、顔はすでに腫れあがっていて全くわからなかったが、見慣れた着物の柄がきめてとなったようである。そのうち、実父があわてて竹原《たけはら》市から迎えに来た。実父は息絶え絶えのわが子を背負って竹原につれて帰った。そのわが子は五日後に亡くなった。一番かわいがっていた娘を亡くした父はたいそう残念がった。その亡くなった人は、私にとって義理ではあるが叔母である。広島市原爆体験記刊行会編『原爆体験記』（朝日選書・1975年）の中で、222ページの「狂った運命」を必死に読んだ。なぜなら、叔母が被爆したところに最も近い「稲荷町《いなりまち》」の様子をうかがうことができたからである。それから、私が作成したＣＤの森木葉子さんはこの近くの広島駅付近で被災されたと言っていた。拙編著『原爆の少女たち』（溪水社・2008年）のＣＤを、よくお聞きいただきたいと改めてお願いいたすしだいである。一般的に言うようであるが、どなたもＣＤのリアリティーをおみとめいただきたいと思う。

②

朝日選書の『原爆体験記』は、多くの人々に読まれているのであろう。どれも残酷極まりなく、涙しながら、目印の傍線を引っぱった。私は、広島にずいぶん長く住みながら、たとえば原爆当時はどこもかしこも家は全壊したと思い込んでいた。ところが、じつはそうではなかったのである。233ページの「ビンタのあとで」の下、「森脇昭幸」さんは住んでいたのが「皆実町《みなみまち》」という意味であろう。現在、私が住んでいる皆実町というところでは、しらべてみると、原爆当時、家屋半壊・家屋が傾いていたとかいう被害状況である。朝日選書『原爆体験記』に記されているような「野球場」はむかしも今もどこにも見当たらない。「西部第九部隊電信隊」と記しているので、森脇さんの被災場所はたぶん爆心地付近ではなかろうか。

③

朝日選書『原爆体験記』の惨状はどれももの凄《すご》い。このような惨状が原爆被災の実態である。原爆は「惨《むご》たらしい」の一語につきる。そして、肉声にはリアリティーがある。半世紀は過ぎているが、今だからぜひおこなっておかなければならないこととして、生々しさをＣＤ化して（データ化して）保存することを思うのである。遅きに失する点もあるが、科学（デジタル技術）の進歩上、已むを得ない試行錯誤の面がある。どうぞ、あたたかくお認めいただきたい。そして、私が作成したＣＤを再びお聞きいただきたい。収録はＤＡＴ（デジタル）録音により、主には、光ケーブルを使ってそのままＣＤ化した。20年前のデジタル化では、顧みればアナログ信号のデジタル化など、プリミティブなことで、ほんとうにいろいろ苦労した。が、幸い、前の注記のところでも登壇させていただいた三輪譲二氏、そして、東京大学の桐谷滋氏（日本音声学会元会長）・千葉工業大学の世木秀明氏の助言指導も得たのであった。私は、今では肉声をパソコン内に容易に取りこみ、しかもわりと簡単にＣＤ化することができる。けれども、20年前のＤＡＴのはじめ、ＡＤ変換などとても難しい時代があった。今顧みれば、ＤＡＴ時代は進歩の過渡期に過ぎなかったのであろう。（ＤＡＴはいわゆるラジカセのようなテープレコーダーから最新のデジタルレコーダーの類とのいわば中間のようなものであった。）

ともあれ、私の手になるＣＤ化は大方においてはあたたかく理解していただくとし、さて今一度、私の作成したＣＤは朝日選書の『原爆体験記』の上に重ねかけることにしよう。（ただし、『原爆体験記』は、広島市原爆体験記刊行会編ということで、ヒロシマに限られる。）

●保田知子さんのＣＤ証言と『原爆体験記』の「重傷の婦人を負う」（159ページ以下）
●村上凡子さんのＣＤ証言と『原爆体験記』の「奇蹟に生きる妻」（143ページ以下）
●三山甲子さんのＣＤ証言と『原爆体験記』の「子の屍を焼く」（208ページ以下）など
●横田勝さんのＣＤ証言と『原爆体験記』の「消え去らぬ悔」（93ページ以下）

備忘録（その１）　上記のＣＤの掲載については、本書の７ページなどにすでに明記している通りである。

なお、最近ではこれらのようなＣＤ化はたとえばパソコン、デジタルレコーダー、若干の市販ソフト等をそろえれば比較的容易にできるであろう。今や、たいへん大きな問題は、話者であるはずの原爆体験者の高齢化である。もちろん、ＤＶＤなども承知しているが、どんなにがんばっても当時の様相（当時の年齢での容姿など）を完全に再現する手立ては残念ながらないようである。（いわゆるＣＧなど、それらしい技術のあることは承知しているが。）

備忘録（その2） 原爆の犠牲者である､私の義理の叔母の名前は「マサエ」であった。実父はよほど無念に思ったのであろう。その感情も抑えきれず、墓石に被爆直後の様子を詳しく刻んでいた。身近なところでも一瞬の閃光のもとに日常の幸せの消滅を見た。

日常的な表現への特化

すさまじい地獄の光景を、庶民はまるで当時の日常語のように、**ピカドン（ピカ）、キノコ雲、黒い雨などという表現**をした。炎天下でのできごと、大炸裂《さくれつ》によって引き起こされた惨劇は空前絶後であった。それは、現代人がいろいろ想像しても想像しきれないものばかりであった。直後はしばらく、原子爆弾が炸裂したという科学的な知識をもっていなかった。後にそれを知った。最初、たいていの犠牲者は強力な爆弾が近くに落ちて自分だけがひどい目にあったと錯覚した。残酷な炸裂はある意味では、だれにも平等に降り注いだ。原爆に関するこれらの日常的な言葉は弄ばれるような、いわゆる俗語の類《たぐい》ではない。カタカナで表現されるヒロシマやナガサキと同様、原爆による残酷な**核爆発**を指すものである。

（1）ピカドン（原子爆弾）

広島の新田さんが母校の生徒に語った体験談の中の「光と音」の感覚は次の通りであった。

トンネルの中で、ツーンとする衝撃、列車がガクンとする衝撃を受けました。よく広島の人が言う原爆が落ちた時を、「ピカドン」という表現をしますが、私には「ピカドン」という経験はありません。ツーンとした経験だけです。

それを音響分析の「ピッチ抽出」で示すと次の図になる。

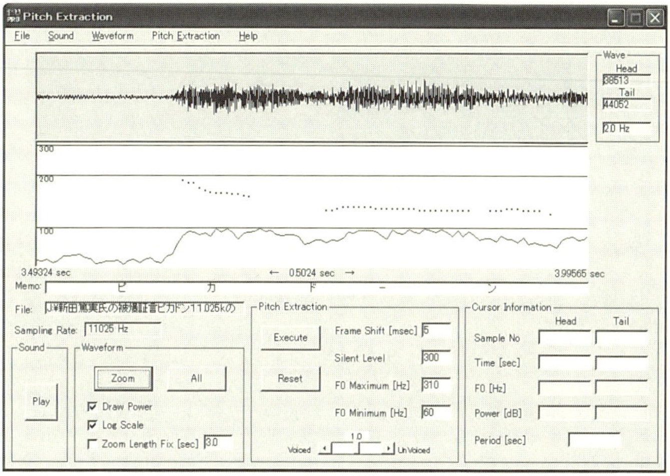

この図では、「ピカドン」のアクセントがより具体的である。実際には「ピカドーン」で、100 ～ 200Hz 間の周波数軌跡もこのように「へ」の字を描くようにだんだん下降していく。ただし、このことを、言語学的には「ピ」の母音部分の直後に急激な音の‘滝（さがりめ）’があると認定（もしくは解釈）したのである。広島の新田さんが「よく広島の人が言う」とあるように、広島で

は、原子爆弾のことを指してピカドンと言っていた（長崎でも「そういう」という人もあれば「多くの人は原子爆弾、原爆」という人もあるということであったが）。「ピカ」（閃光）とドン（爆発音）を合わせたピカドンという言葉を作った。ただし、直下のようなところで被爆した人は、ピカ（閃光）のみで爆発音はぜんぜん聞かなかったと言っている。（「ヒロシマ日記」の八月十一日の記述なども参照されたい。）

（2）ピカ（原子爆弾）

横田さんは、ピカという、光だけであった。同じく動員学徒時代に被爆した切明千枝子さんは、目が少し不自由であるが、そのときの影響と思い込んでいる。65年前のものすごい閃光はフラッシュバックとなって切明さんの体に焼き付いていて、たとえば今でも車のライトを浴びるたびに、はっとするそうである。（動員学徒時代の20歳前後は、一生の中で最も鋭敏な時代であろう。その記憶はたいへん貴重である、と私は思う。）

朝日選書の『原爆体験記』の手塚良道さんは

> 奇怪な火焔。それは青い色をした、実に美しい火の柱である。その火焔が茶の間の中に、ふすまを去ること約一メーターの畳の上に、高さ二、三メーター程度に立ち上がっている（ピ

カは知ったがドンは知らない)。　　　　　　(下線、今石が付す)

と、述べている。このようなことから、原子爆弾のことを、ピカドンとは言わないで、短くピカということがある。このように、炸裂の直下、もしくはその付近はそういうのであろう。ピカを、同じく『原爆体験記』広島の土井貞子さんは

ちょうどこの時・・・・・午前八時十五分・・・・・窓辺りに座っていた私は、オレンジ色のような、紫のような、マグネシュームの光よりももっと強烈な光に眼を射られ、頭上からのしかかったような熱気と圧力に、からだが一回転したように感じた。

と述べている。本書CD、長崎の和田耕一さんはなんとも表現できないような閃光と言っている。『ふりそでの少女』(汐文社)の作者松添博さんは「ピカーッ。次のしゅんかん、私は、強い光と熱線をあびたのでした。」と述懐して、それを、オレンジ色のように描いている。

広島の動員学徒であった今井恵子さんは、「ピンクともオレンジともなんとも、かつて見たことがない火の塊がバーット広がった」と、大炸裂の瞬間を語ってくださっている。

（3）キノコ雲（原子雲）

『原爆体験記』最後に載せてある手記「妻よ、ゆるせ」でも、拙著編『原爆の声』の三山甲子さんのお母さんの状況（『忘れな草』という原爆手記など）でもわかる通りである。直後は混乱してみんなで避難した。たとえば、動員学徒の一人、広島の川上千代子さんは原爆の直撃にあった。広島駅の方へこわごわ鉄橋を渡って一目散に逃げた。やけどが痛くて痛くて逃げるのがやっとであって、「黒い雨」や「キノコ雲」などのことは全然覚えていない、と直後の様子を正直に語ってくださった。きっとそのようだったと思った。

不気味な原子爆弾を象徴するものとして、後によく、「キノコ雲」と言っている。爆心地から3.5Ｋmのところで直撃を受けた村上凡子さんは「毒キノコ」と言っていた（その証言は拙著編『人類の危機に立ち会った人たちの声』のＣＤに所収）。見たのは爆心地からやや離れたところであったが、色がさまざまに変わったと言っていた。ただし、広島の横田勝さんはほぼ直下であって気絶寸前に見たといっていた。

「キノコ雲」という言葉は、広島でも長崎でも言ったようであるが、どちらかと言えば、広島の場合、「キノコ雲」と呼ばれたようである。『原爆体験記』では、「キノコ雲」ではないかと推定される描出は次のようであった。「消え去らぬ悔」「父の死」「奇蹟に生きる妻」「重傷の婦人を負う」「浩よ、ねむれ」「愛児を捜して」などである。

小説『黒い雨』と広島弁

大江健三郎が岩波新書『あいまいな日本の私』の中で、かなりのページを割いて

『黒い雨』は本当に文学的にすぐれている。さらに文学をこえて、日本人の祈りといっていいものが表現されている。

などと、井伏鱒二の小説『黒い雨』を絶賛している。このような名作といわれている小説を、私としては、大きく傷つけるほどではなかろうと思われるが、浜井さんに習って、広島市民の日常生活の「事実」について、私なりに少々考察しておこうと思う。

たとえば、次のような描写がある。

午前十時ごろではなかったかと思う。雷鳴を轟かせる黒雲が市街の方から押し寄せて、降って来るのは万年筆ぐらいな太さのような雨であった。　（下線は今石が付す）

とある。私は被爆者に「黒い雨」という異常現象を注意深く、念

入りにたずねてみた。(別の視点からも、被爆者の証言によれば「黒い雨」という現象は広島にあったが、長崎ではほとんどなかったということがあったので)。当時、動員学徒として爆心地より西方向の己斐《こい》というところで「黒い雨」を体験した今井恵子さんは「雷鳴は、私は聞かなかった」ときっぱりおっしゃった。今井さんのこの証言は、拙編著『原爆の声』にも取り上げさせてもらった。また、別の人は、逃げるのがやっととおっしゃる。結局、私はいまだに「雷鳴」という事実は承知していない。承知しているのは「入道雲のような」とか「夕立ちのように」という表現である。つまり、暑い日の中で大混乱していたときの、とっさの譬えであったのであろうか。拙編著『原爆の声』ＣＤの横田勝さんの証言もぜひ注意深くお聞きいただきたい。

ともあれ、原爆直後の光景は、井伏の『黒い雨』によって、全国の方々に広く知れわたったのではなかろうか。その点、この小説はたいへんな功績であった。たぶん、直後の様子は『重松日記』(筑摩書房・2001年)によっているのであろう。あるいは、井伏は、蜂谷道彦氏の『ヒロシマ日記』も見たのであろう。『黒い雨』はよく知られているように、はじめ雑誌『新潮』に『姪の結婚』という題で連載されていたが、その後、『黒い雨』という名に改題されている。現在便利に、単行本として一般の目に触れるというかたちになっている。

広島の読者が、広島駅付近の「練兵場」を「西練兵場」というように、東西の練兵場を取り違えていることに気付いた。さっそく井伏にそう手紙を出したところ、井伏は広島に住んだことがなく、被爆者や地元の読者にどう読まれるかと思っていたそうである。特に、地元に詳しい『中国新聞』（2010年8月3日の朝刊）が載せていた。この記事はひとつのエピソードに過ぎないであろう。惨状については先にも述べたが、全国的には小説『黒い雨』を読んではじめて知ったというような人もきっといるのではなかろうか。出版社の方は相当な自負心があったのであろう、単行本の帯に「被爆という世紀の体験を日常性の中に文学として定着させた記念碑的名作」と絶賛している。

しかし、私が被爆者から体験談を収集しているとき、「どうも井伏は好きになれない」とか「井伏が小説でなんと書いていても・・・・」などと、一種の反感のような、いわゆる被爆者感情のムキだしのようなものを感じたので、多少応じながら私はそういう被爆者へ向かって「人類史上例のない犠牲者の運命を、いくら小説とはいえ虚構などの世界でいろいろ見せるとはいかがなものか」と言って相槌をうった。ところが、そういう私のものいいが被災者にしんから通用しないばかりか、まったく的外れであったらしい。収集のとき、はっきり言ってその類《たぐい》の経験をたびたびしていたが、原爆が「人類存亡の危機である」と説く人として嚆矢《こうし》とすべき浜井さんの次の名言がいつも私から離れなかった。

広島の原爆については、いろいろな人の手によって、記録が書かれ、詩に歌われ、絵画に描かれ、映画も作られたが、そのいずれもが、わたくしたち、直接原爆を体験したものから見れば、実感にはほど遠いもののようにさえ思われた。それほど、その惨状は、人間の想像力や表現能力を超えた非人間的なものであったということができる。

それにもかかわらず、わたくしたちは、この事実を、できるだけ広く人びとに伝えなければならないと思う。その偽らない事実の中から、人類の将来の運命を予見することができるからである。そうした意味からも、原爆を直接体験した人たちの手記を集めておくことには大きな意義があると思われた。しかもそれは急がなければならない。時移れば、その人たちも次第に世を去って行くからである。

(『原爆体験記』「はじめに」朝日選書、下線は今石が付す)

私は、編著などでこの名言をたびたび引用した。ここに本書でまた繰り返して恐縮であるが、浜井さんが述べた「事実」とは「正確に、詳しく」ということではなかろうか。そして、原爆は“リアリティー”こそ、最も大切であるというのであろう。が、私の真意も微妙である。私の気持ちは（よくあるように）『黒い雨』を傷つけるつもりもない。

現代、文学や芸術が、哲学的な思惟・思索へどんどん傾斜して近づいているのはたいへん望ましい。しかしながら、だからと言って、原爆問題はとても深刻な人類課題である。広島の原爆のいわば穴埋め・わからないところは“有名作家”まかせの一種の虚構ではとてもはかりようのない、たとえば「原爆の大切な日常」がまったく見えなくなってしまうのではなかろうか。

方言と言えば、いまだに日常の面白い・おかしいものと思われているのであろうか。そのような面白おかしいものでは決してないと私は思っている。一般に、方言というものは日常生活のトピックを表すれっきとした立派な日常専用の言葉である。井伏は方言生活にたいへん敏感であったようである。特に東京方言には相当コンプレックスをいだいていたのではなかろうか、東京における日常語には人一倍神経を使っていたようである。

井伏は単純に、この『黒い雨』の現実的効果、その全体的なリアルを、自信のもてる故郷の広島弁に求めていたのではなかろうか。それは、文学者の側から言えば一種の効果であろうかとも思う。しかし、私は、日本語学の厳密な研究活動を経験している側である。私は、文学上の表現効果のようなものについても厳格でありたい。例外とはしないつもりである。なぜなら、あらゆる生命体を滅ぼす、とんでもない原爆の行状は、文学上の些細な日常描写でさえも詳細に、かつ正確に刻んで次世代へ残しておきたいからである。

（1）作品における「がんす」表現

「がんす」言葉は広島弁を代表するものとして、むかしからそうときまったものである。そして、やや違うけれども、ひとむかし前であれば「備後ばあばあ安芸がらす」という言い種もあった。備後の人は、例えば「雨ばかり」というとき「雨ばあ」という。広島（安芸）の人は間投詞の「かあ」を言うというのである。たとえば、「なんでも、かあ（間投詞）、食べた」という具合である。広島弁とはいえ、安芸と備後ではひとむかし前、たいそう言葉が違うようであった。私の感じでは、備後の方言は、安芸の広島市などよりもむしろ岡山の方に近かった。さて、作者の井伏は備後生まれである。作品も、たとえば「コブツ」など、私の岡山の山里と共通していてなつかしい。日常的描写の多くは備後風である。この点は作品上の方言表現を理解する要点かもしれない。そのような視点で方言の「がんす」のところを見ておこう。

中年の女は僕の連れている子供を見て、とても子供づれでは横川鉄橋をわたれまいと云った。橋の九分通りのところの向こうに、貨車が横倒しになって枕木を塞ぎ、橋の手前に何百人も何千人もの避難民が座りこんでいると云う。

「その人たちは、なぜ引返して来ぬのですか」と訊くと、

「みんな休んどるんでがんす」と云った。「怪我だらけで、引返す元気がないもんで。なかには、行き倒れの人もがんした」

「あの雲のこと、みんな何雲と云うとるんですか。何雲でしょうか。」

「何雲ですかなあ。鉄橋の手前の人たちのなかに、ムクリコクリの雲と云うとる人がおりました。ほんま、ムクリコクリでがんすなあ。でもなあ、子供づれじゃあ横川鉄橋は渡れんでしょう」

これらのような「がんす」は確かに安芸弁であると見てよい。前に掲げた『瀬戸内海言語図巻』56図を見、合わせて、『瀬戸内海域方言の方言地理学的研究』の、61ページにある概説も参照した。さらに、被爆者の一人、ＣＤ化に協力してくださった横田さんに「がんす」をおたずねした。横田さんは、近所のむかしの人で年よりが「がんす」と言っていたなどとおっしゃった。

問題は「がんす」と「なあ」の組み合わせであろう。井伏の生まれ育ったような備後弁で言えば小説の通りたぶん「なあ」であろうと思う。私の郷里の岡山ではもちろん「なあ」である。現在、

みんなが日常「なあ」を言っている。関西弁はそうである。一方、原爆の、広島の安芸地方では「なあ」は日常つかわない。そこのところは、もっぱら「のう」であろう。当時、広島（安芸）のおとなの日常は「がんすのう」ではなかろうか。しかし、井伏の作品では「がんすなあ」となっている。とても違和感を覚えた。今住んでいる安芸地方において「がんす」はすでに死語になったようであるが、当時の日常、「がんす」と「なあ」の組み合わせが見られるというのはややチグハグである。（ただし、備後の出身で長年広島の安芸に住んでおればあり得るかもしれないが・・・・）

（2）作品における「なんだ」表現

「この屍、どうにも手に負えなんだのう」
トタン板を舁《か》いて来た先棒の兵がそう云うと
「わしらは、国家のない国にうまれたかったのう」
と相棒が云った。

「‥なんだのう」というのは、先ほどの「がんすなあ」とはまったく逆である。私は、次のように岡山全般の分布図を描いている。

この分布や私の観察している「なんだ」は、「なあ」と同じように、備後以東ではないかと思っている。「なんだのう」という

ちっとも知らなかった

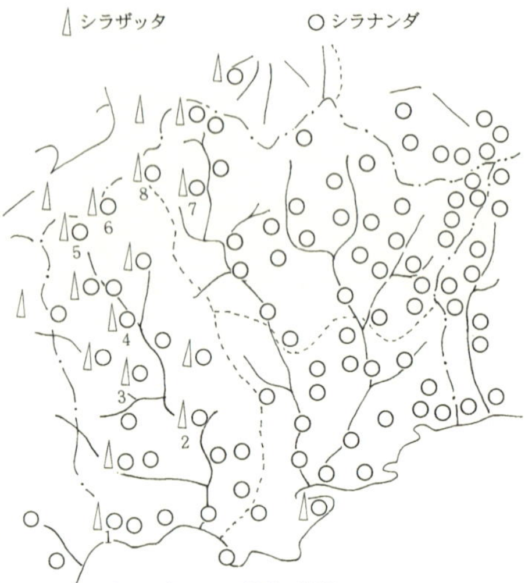

「シラザッタ」に関する注記

5～7　盛んであると説明したところ。

1、3、4　稀であると説明したところ。

8　おもに、老年者が言うと説明したところ。

2　古風なことばであると説明したところ。

4　下品なことばであると説明したところ。

「シラナンダ」に関する注記

5　新しいことばであると説明したところ。

6　上品なことばであると説明したところ。

のは、広島ではむしろチグハグに映るであろう。おそらくこのようなときは、原爆の安芸地方では、「だったのう」・「かったのう」などがごくしぜんではないか。こういう兵士はいったいどこの出身であろうか。もしも備後の出身であったとすれば、たぶん年配者の兵士を想像するが・・・・。（被爆者の三山さんなどの証言では、全国から若い兵士（二等兵・庶民的な善良な兵隊さん）がたくさん広島に集結していたそうである。『黒い雨』という作品の中のこのような言葉づかいの兵士は、いったい日本のどこの出身であろうか。)

『黒い雨』という作品の中で「のう」という文末は、確かもう一箇所あったかと思うが、安芸地方はむかしから「のう」が日常的である。だから、この作品でも「のう」は「なあ」よりもっとつかわれていなくてはいけないであろう。「なあ」を多用している『黒い雨』は、日常の安芸でやや無理であろうと思った。(大学時代の同窓生は、呉で「なんだ」をつかっていたと言った。また、母が呉近くの沿岸部出身という広島の下深川の老年の方は「なんだ」というとあった。なお私が約40年前、かつて岡山県下でしらべてみた「なあ」や「のう」についてはあらためて下の分布図を参照して

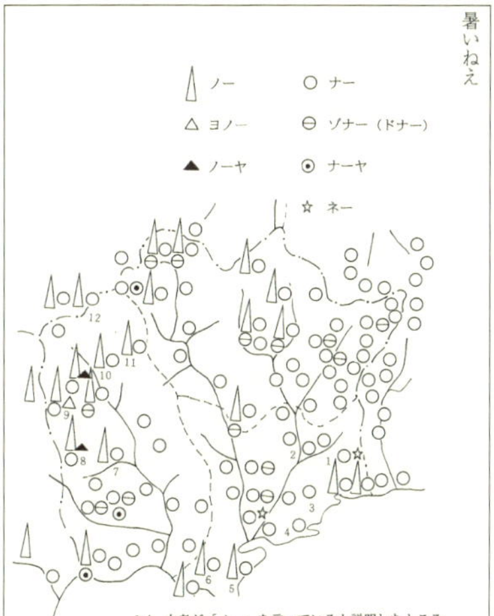

1-4 古老が「ノー」を言っていると説明したところ。
5-12 「ノー」の待遇品位の下向について説明したところ。

この地図は拙著の『岡山言葉の地図』を再掲載している。このように岡山では一般に文末は「ナー」であるが、広島(安芸)では一般に「ノー」もしくは「ネー」であろう。「ナー」はほとんど聞かれない。私どものかかわった『瀬戸内海言語図巻』の地図番号96の「ナー・ノー・ネー・ニー(文末詞)」も参照していただきたいと思う。

いただきたい。）ところで、話題は『黒い雨』という小説を離れ、全く異なるが、広く生徒さんが見ている『絵本　はだしのゲン』を冷静に観察してみると、作品の後半部分で目を覆いたくなる惨状の光景あたりから以降いわゆる広島弁の出現はばったり姿を消していた。つまり、原爆投下は広島市民や長崎市民の犠牲だけにとどまらず、人類全体、人間の生命論へと、一段と上の次元へと昇華したのだろう。このことを、私は大まじめに考えている。

『ヒロシマ日記』と岡山弁

①

『ヒロシマ日記』のねらいは、たぶん被爆事実の記録であろう。しかし、日記形式からいえば、『ヒロシマ日記』は当時の日常を映したものであろう。著者の蜂谷道彦氏（元広島逓信病院長）は、特に、原爆で被災した。おそらく、蜂谷さんにとってみれば、青天の霹靂、しかも、それこそびっくり仰天の日々であったであろう。**一瞬のうちに、蜂谷さんの日常が消え去っている**のであった。

本書の最後はこれで締めよう。

この日記を読めば、蜂谷さんは普段から日常の方言にいかに愛着をもっていたかがわかるであろう。岡山の出身者であったので、特に、岡山弁には親近感をもっていたのではなかろうか。その蜂谷さんも広島の原爆にあってしまって、死に直面した。それはこの日記を読めばあきらかであるが、当時の惨状（もの凄い惨状）をなお念には念を入れて、私なりに補強してみたい。当時の方言状態に、比較的近いのではないかと思われた私のむかしの調査結果などによって補強してみようとする。（蜂谷さんが広島で地獄の淵にあったころ、私は岡山の県北でまだ五歳であったが、しかし時には、私の思いも若干まじえる。)

②

『瀬戸内海言語図巻』のための調査段階の影響により、私は、岡山県下の言語状態を調査していた。私は、青春時代かつての夏、蚊取線香なども携えて汗をかきかき必死になって調べた。醍醐味《だいごみ》は、何と言っても日常語による庶民の世界の探求にあるといっても過言ではない。

対象者は原則としては60歳代の女性であった。しかも、地付き(生えぬき)のものに限った。時期は1960年半ばであった。ところで、このころ(この時期のころ)、『ヒロシマ日記』に登場する方々が、中にはまだご存命だったかもしれないと思ったりした。それほど、この分布地図は『ヒロシマ日記』に近い言語資料ではないかと思った。私もすでに述べたが岡山県の出身である。(ただし、私は、蜂谷さんのように旭川《あさひかわ》下流の岡山市ではなく、むしろ上流の県北である。)なお、掲載する予定の分布地図は日本文教出版社から刊行した『岡山言葉の地図』と重複掲載となるかもしれない。美作の西北が郷里であるが、日常的な土地感覚のようなものも添えながら『ヒロシマ日記』に見る庶民世界を徹底的に観察してみたい。

③

さて、原爆によるもの凄い惨状は、全国や全世界の人々に知っていただくよう、一般に、広く訴えてきた。『ヒロシマ日記』もそのひとつであった。蜂谷さんは爆心地から少し離れた自宅で被災している。投下された日から２か月ほど、惨状や原爆症状を日記風に記録した。８月６日、８月７日のころを綴った部分は「地上最悪の日」として括ってある。原爆の大炸裂直後の様子がリアルであった。蜂谷さんは、疵《きず》ついたまま、日常が奪われてあわてて逓信病院へ駆け込んだが、間もなく、そこも火焔《かえん》。しかし、蜂谷さんは幸いにも同僚に手当をしてもらった。それ以降は日記の記載を詳しく見ていただくとしよう。

その蜂谷さんは岡山市の津高《つこう》の出身であった。2010年、「蜂谷元病院長の顕彰組織きょう設立」と、新聞に出ていた。その記事は“蜂谷先生に再び光を当て、功績を次代に伝えたい”とあった。郷土の人は“顕彰を通じて世界平和につながる活動をしたい”と話す。

④

中野孝次氏は、編集委員家永三郎・小田切秀雄・黒古一夫『日本の原爆記録』第６巻（日本図書センター・1991年）『ヒロシマ日記』の「解説」で著者が被爆した医者、しかも広島逓信病院長であったということのゆえに、多くのヒロシマ証言の中でもある特別の視点を持つものになっている。

と、高く評価した。さらに、

事件直後の（この日記は8月6日から9月30日まで、事件直後の生々しい体験だけを記す）人々の声を記録した貴重なものだ。

《天神町《テンジン》で大火傷した4人の中学生に逢いました。路際に車座になっておるので、その中の1人に、お前の家はどこかと問うたら、天神町じゃというんです。ここが天神町じゃというと母ちゃんと姉さんがくるのですが《カーチャントネーサンガクルンジャガ》、もうこないでよい《ハーコンデモエー》といって下さい《トイウテクレンサイ》。僕らはここで《ボクラハココ》4人死のうでのう《ヨッタリシノウヨノウ》、というたら、残りの子供が、よし《ヨシ》、連なって死のうよのう《ツレナッテシノウヨノウ》というんです。私はいままでそんなに涙が出たことはないんですが、この時ばかりは可哀想で可哀想で声をあげて泣きましたよ。暑いから日陰を作ってちょうだい、というから、兵隊のトタンや筵をかって日陰を作ってやりました。も1人の子にお前はどこかと訊ねたら矢野《ヤノ》（？）というんです。何かいる物はないかといったら、僕らは死ぬんじゃから何も《ボクラーシヌンジャカラナニモ》いりません、というんです。それじゃ、小父さんはトマトを弁当に持っとるから、トマトをたべさそうといって、2つのトマトを4つに切って、一人一人の口にトマトの汁をしぼりこんでやり、どうじゃ、おいしいか、といったら、おいしいなあ、といって口をもごもごさしましたよ。》

　こういう証言を著者はそのとき聞いたままに土地言葉で丹念に記しとどめている。もし著者がメモしておかなかったら永久に知られぬまま消えてしまったであろう、そういう証言が、本書にはいくつも残されているのである。それだけでもこれは大変な記録だ。

と絶賛するのである。

　なお、『ヒロシマ日記』の凡例は次のように記されている。

＊本書は、『ヒロシマ日記』(蜂谷道彦・1955年・朝日新聞社刊)、『中国地方総監府誌原爆被災記録』(1972年・中国地方総監府誌刊行会編・刊)を底本とし、それに収められた著作・手記のすべてを収録した。

＊本書は、本文、および解説(中野孝次)、解題(黒古一夫)をもって構成した。

＊本全集本文の表記は、原則として底本に従ったが、明かに誤字、誤植と思われるものについては訂正した。また、旧字体・

旧仮名表記のものに関しては、新字・新仮名に改め、送り仮名についても現代送り仮名に統一した。ただし、詩歌および一部の引用文については、底本通りとしたものもある。振り仮名に関しては、あまりに多く使用されている場合は削除整理する一方、難解なものについては新たに振り仮名を付したものもある。（以下省略）

⑤

さて、『ヒロシマ日記』の岡山弁の記載状況は次のようである。（紙幅の都合で、いわゆるルビの、しかも私が補強してみたいと思う箇所のものに限っている。）＜箇条書きのため、いちいち改行することはしていない。＞

８月６日

蜂谷さんは、まさに日常の真っただ中にいた。ぼんやり庭を眺めていた。美しさに見とれていたが、そのとき、強い光。突然、一瞬のうちに日常が消え去ったのだった。蜂谷さんは動転しながら勤める病院へ奥さんともども逃げこんだ。

焔の竜巻風のさまなど、地獄と化したさまはこの日記を熟読していただくとしよう。しばしば登場する“佐伯の婆《ばば》さん”は紀州出身のため、「大丈夫や」と関西弁風、しかし「よかったの」は広島弁であろう。この“佐伯の婆さん”は日常語がいわばちゃんぽんだらけのようであったが、青天の霹靂、全く突発だったため、動転していたためか、さすがの婆さんも方言が出なかった。当然ながら、蜂谷さんに日常の意識は全く認められなかった。

なお、このババさんは、広島県の地名の「佐伯」とは全然関係がないのであろう。しかしながら、このババさんはよく土地化していたようで、日記から覗えば、独特の小さい宇宙をもっていた。蜂谷さんはこのババさんに最も気を許していた。

この“滝口君”にも蜂谷さんは、気を許していたのではなかろうか。“滝口君”も庶民的な独特の宇宙の持ち主だった。

8月7日

蜂谷さんの体には無数のガラスの破片が突き刺さっていた。蜂谷さんは負傷者の呻き声で目を覚ましたとある。病院の内外は負傷者でいっぱい。この日はけが人で大混乱。悲劇がリアルで詳しい。岡山の医師会長さんがお見舞いにきた。会長さんは岡山弁。また、日記には、ようやく、オオゴト（大事）、オオメゲ（大破）など、ポツリポツリと岡山弁が飛び出していた。「何もかもわやじゃ」（みなむちゃくちゃだ）とか「・・行っとらあ」（行っているわい）とか独特のものいいは岡山県下の日常語。蜂谷さんが“秋山君”と呼ぶ人物は岡山出身であろう、彼は岡山弁まるだしであった。蜂谷さんもまたざっくばらんなお人のようであった。

負傷者の呻き声や泣き声などで、病院も大混乱。「広島全滅」という、街が廃墟と化した様子がとてもリアルに綴られている。私は“内科の鼻岡君”の話が私の作製したＣＤの中の様子とよく一致していると思った。

一発の爆弾の破壊力は、本書の17ページなどに記すとおりであった。

8月8日

日記には、「手さぐり足さぐりの暗闇の夜が明けた」とあった。方言らしい言葉は日記にやはり出てこない。廃墟や焼く屍のにおいなどで､負傷の蜂谷さんもすっかり打ちのめされたのであろう。二日目も大混乱の状態だった。

助けてくれた“笹田君”は大火傷で顔が腫れ上がってきた。局長ほか即死と知った。広島は瓦解した、と記されている。また、いろいろな人探しがきたともある。

8月9日

蜂谷さんは快方に向かい、自信をもってきた。ピカドンによる負傷の全体像をとらえようとしていた。医者の目で症状の全体をつかもうとしている。佐伯の婆さんは､息子を亡くして大声で泣く。

8月10日

「先生、無理をしてはいけません」と“溝口君”がいったとある。蜂谷さんにその“溝口君”が付き添っていた。やはりここも、日常の方言はでてこない。

8月11日

原爆の破壊力のすさまじさが、数多く、綴られている。負傷した蜂谷さんは街の焼け跡を歩いた。ほぼ1週間過ぎたころ、歩く道は散乱した電線などでたいへんだった。しかし、市街地のあちこちにあった死体などはすっかり片付けられたとある。県庁の機能も一部焼け跡の一角で再開したようだ。日ごろから親しくしていた同郷の岡山弁まるだしの課長さんがいた。ようやく日常の方言もぽつりぽつり綴られだした。日常も少しずつ回復してきたようである。

●私《ワシ》あのう、あの時、自家《ウチ》にいて命拾いをしたよ

●私《ワシ》あ、肋骨を折って痛いんじゃが、ここへこんと仕事にならんのでのう、弱っとんじゃ

など。この「弱っとんじゃ」はいかにも岡山弁である。意味は「衰弱している」というのではなく、「困惑している」とか「たいへん困っている」などというのである。

11日の終わりの方の記述では

●先生、ひどい《デエーリヤー》ことになったなあ

とある。日記でデエリャーの表記であるがデーレー [de:re:] ではないかと思う。ただし、私の郷里のような北部では [dɛ:rɛ:] である。日記の「デエーリヤーこと」とは、たぶん、県下全体で盛んな「デー

とても

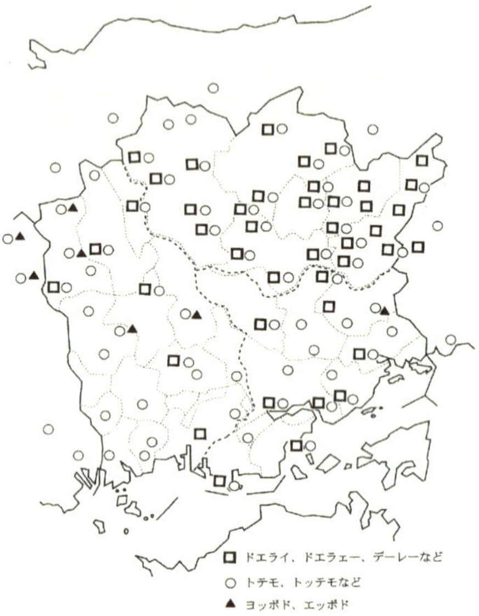

レー」という岡山弁をさしているのであろうが、私が作成した地図集にはない。その様子は下図「とても」を見て参照していただきたい。蜂谷さんもようやく岡山弁を取り戻したようである。

●ひど《ホツー》くやられましたなあ

「ホツー」は郷里などの北部にない。ここのところを北部で言ったとすれば、たぶん「ボッコー」であろう。ただし、「ボッコー」

は県下全体で日常つかう。

8月12日

今日も夕凪で暑い。広島のガスを吸うたら死ぬという噂。

●貴下《アンター》よかったなあ

蜂谷さんの奥さんの言葉である。このようなアンターというのは広島の言葉、岡山だったらアンタとかアンタホーなどではなかろうか。岡山だったら、長呼形の「アンター」とは言わないので、蜂谷さんの奥さんは多分早く広島化していたのであろうかと想像する。しかし岡山というお里の窺われる、文末が「ナー」であった。混ぜ混ぜの半端な広島化であったのであろう。

●それでも助かればよいが《セエーデモタスカリヤーエーガ》

●よくも助かったなあ《ヨウタスカッタナー》

などと、同郷の一郎さんは岡山弁まるだし。確かに、これらは岡山弁である。

この軍人さんから、蜂谷さんは、「原子爆弾」と聞かされて、驚いていた。

なお、土地の老婆であろうと思うが

●先生さん、早く死なせて下さいませ《ハヨウシナセテクダシャンセエーヤ》、まだお迎えがありません《マダオムカエガアリマセンガノ》

●早く参らせて下さいませ《ハヨオマイラセテクダシャンセエーヤ》

など、シャル言葉を使っていた。これらは古い時代の広島の言葉のようであった。

●入道雲のような大き《オオケエー》な爆煙がむくむくあがるんで、ヒロシマがやられたな

原爆投下直後の原子雲のことをこう述べていた。

（なお、風評の毒ガスについては『原爆の声』の横田勝証言も参照されたい。）

8月13日

投下後、蜂谷さんは爆心地付近を歩いた。相生橋も爆心に近いだけに被害は大きかった。原子爆弾の落ちた広島に75年間は住めぬというデマ、そして、数々の悲劇を聞いた。

小畑の小父さんという人に会った蜂谷さんは、久しぶりに方言を記載した。

●母ちゃん《カーチャン》と《ト》姉さん《ネーサン》がくるのですが《ガクルンジャガ》、もうこなくてもよいといって《ハーコイデモエートイウテ》

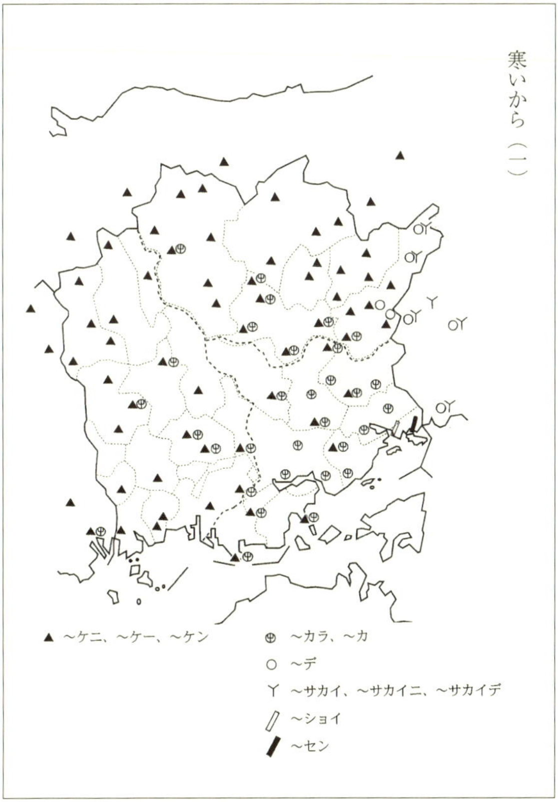

下さい《クレンサイ》

●よし《ヨシ》、連れなって死のうよのう《ツレナッテシノウヨノウ》

「ハーコイデモエー」とか「ツレナッテ」ははたして、広島の言葉といい切ってよいのであろうか。広島では「ツレナッテ」よりも「ツレダッテ」である。「ハーコイデモエー」は岡山でも日常言う。また、備前地方の岡山市でも美作地方の津山市《つやまし》でも「クレンサイ」

今年も稲がよくできればよいが

と言っている。

「のう」はいずれもたぶん、広島の言葉であろう。

●僕らは死ぬのだから何もいりません《ボクラーシヌンジャカラナニモイラン》

このような「ジャカラ」は99ページの図「〜から」によれば岡山弁のようであるがどうであろうか。

●水が今少し飲みたい《ミズガモスコシホシイノジャ》

「ホシイノジャ」は岡山も広島も言うが、モスコシもそうであろう。

●もうこうなれば《ナリヤー》・・・

は、蜂谷さんの言った言葉であろう。これは岡山県に一般的である。100ページの図も参照していただきたい。

8月14日

「ア、ホーヨネー」「ア、ホーヨノー」「ホーヨ、ホーヨ」「ゲニ」「マコト」などは私もよく知る、いかにも広島弁である。登場人物の佐伯の婆さんは紀州の出身であるがこれらの広島弁はマスターしたようである。私は岡山から来ているが、ここに「あ、ほうの」とあるのはどうであろうか、広島で聞いたことがあるようにも思うが・・・。

さて、今年の平和宣言にも出てくる“溝口君”の言う広島弁の

●婆さん、恐《イビセ》かったぜ

である。“溝口君”（たぶん、広島周辺地域の瀬野《せの》の人であろう）はイビセカッタと言った。当時広島では、イビセー（怖い）は、た

とえばお化けはイビセーなどと、日常よく使われていた。思うに、原爆が炸裂したとき、一瞬火の玉が走って、泉邸の裏の深い淵へ何百もの人がすべり落ちた、その光景が“溝口君”にたいそうイビセカッタというのである。“滝口君”のもの言いで、

●実《ゲ》に婆さん、恐《イビセ》かったぜ

●恐《イビセ》かったですよ

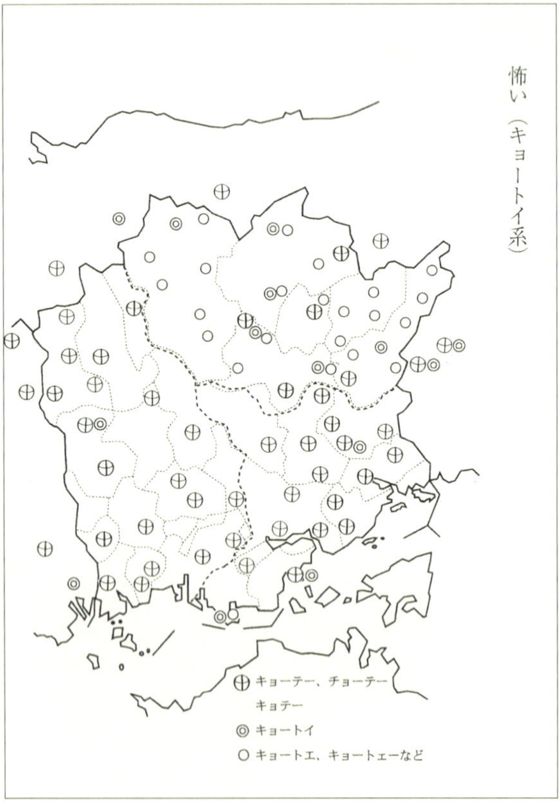

などという「イビセカッタ」は岡山弁ではないが、蜂谷さんにもよくわかる広島弁であった。

やはり、“滝口君”は庶民出身で独特の雰囲気があったようである。

ここの「怖い」を岡山弁で言うと次の分布図のように、「キョーテー」などが日常一般であった。

●それはひどかったよ《ソリヤーヒデエンジャ》

この「ヒデエ」の発音は [çide:] であろう。岡山弁である。

あの日突然のこと、蜂谷さんはびっくり仰天、動転して

●私《ワシ》や、あの時、ちぢみのシャツとズボンをはいていたんじゃが、
　家から飛び出したときには越中褌までない《ニャー》んじゃ

「ない」を [næ:] と発音していた。これは代表的な岡山弁であった。

●それだから彼《セエージャケーアレ》の火傷は重いんよ

「セージャケー」は岡山でも広島でも一緒の方言である。

●あすこが黒い《クレーツキ》継ぎじゃったからよ

「黒い」を、[kɯɾ e:] と発音するのは岡山弁だけであろう。ここはどう解釈したらよいのであろうか。

●それでの《ホイデノ》

を連発していた“溝口君”の「ホイデノ」は広島弁であった。

8月15日

重大放送は降伏の詔勅であった。日本は「敗戦だ」「東条大将の馬鹿野郎。貴様らは皆腹を切って死ね」と怒鳴りちらしている者

もあったと綴っていた。
ところで、私の幼児体験についての詳細は省略するが、私が四歳になったばかりのころ、長閑に、父は私や弟の頭の髪をバリカンで刈っていた。そのとき、役場から突然、「赤紙」が届き、父の手が急にぶるぶる震えだしたと、母はリアルに語った。そしてその後、年の瀬、12月30日になって、母、幼い私、1歳になろうとしていた幼い弟、20歳過ぎのおば（父の妹）と合計4人で、岡山の山奥から千葉の館山へ、満員の汽車を乗り継ぎながら、やっとの思いで面会地へ着いたそうである。が、すでにとき遅し、父は先刻出港していた、あくる日、最後の寄港地、陸路では遠い横須賀へ急いで追いかけて、幸運にもかろうじて面会ができた、そのときであったが、母はお米を大事に1升持参していた、それを炊いてせめて、父に食べさせようとした。しかし、父は口にせず、全部むすびにさせて幼いわが子などに食べさせたと、母は語った。
それから、二等兵の父は、激戦地、ニューギニアへ送りこまれた。父は運よくニューギニアに着いたが、他の船団は大きな船だったので、戦地のニューギニアに着く前に、魚雷によって撃沈されたそうである。
さて、『ヒロシマ日記』に再びかえろう。この日の記述から、ばったり、方言の箇所が出てこない。たぶん、蜂谷さんにとって、日本の敗戦は相当ショックだったのであろう。しかし、ここまで読んできて、私もはっきり言って、ついに腹立たしい気分になってきた。**‘軍隊は用意周到だ。四月までに将校家族はほとんどすべて郊外の安全そうなところに疎開していたのだ。心当たりがある。そして四月から疎開禁止。私はあの時疎開しなかった。どうしてもそれが許されなかった。もはや、山の中に司令部や兵営ができているに違いない。我々は置き去りか、無防衛だ——**’と述べられていた。（太字表記は今石による）

『原爆の声』のＣＤ、横田さんの証言で市街地から出てはならないという禁足令の話がかさなったのであった。

本書のＣＤの保田さんの場合、このたびは割愛して掲載しないが、‘日本の敗戦を聞き、兵隊さんはみんな泣いていたが私は何とも思わなかった’と証言していたのもたいへん印象的であった。なお、私の父は、終戦を知らず、ひたすらニューギニアのジャングルの中を１年間近く、逃げ回っていたと回顧していた。

8月 16 日

「眠られぬ夜」、蜂谷さんも、皆悶々としたことがうかがわれた。この日も、やはり、方言はつかわれていない。最後の方にわずか。佐伯の婆さんも登場していたので、日常の会話も載っていてもよいはずであった。が、方言はやはりほとんどなかった。ただ、佐伯の婆さんは「天子様はおいとおしいですのう」とか、“溝口君”は長嘆息した「エーコター（よいことは）ありませんよ」と、わずかであった。

8月17日

同じく会話は消えていた。蜂谷さんたちは敗戦がショックだった。軍の首脳部を批判した。

8月18日

病院では体に斑点が出る死の恐怖がひろがった。

ようやく会話がぽつりぽつり。中でも、「コモウ（小さく）なるもんですなあ」という会話は薄気味悪かった。人間のむし焼きを思い出したのであろう。方言は、爆心地近くにいて運よく助かった人の感嘆のもの言いに使われていた。「コモーナル（小さくなる）」というのは岡山弁と共通である。

「大倉君の奥さん」の快報のところは軽快に綴られている。ほんとうは紙一重だったかと思うが、よかった。本書ＣＤの保田証言、和田証言と重ねてみるとき、改めて、不幸な被爆者のムゴイ惨状も思われた。

8月19日

こおろぎの初音と、この日記にあった。一瞬、ほっとしたが、

●お姉さん《オネエサン》 皆《ミナ》、ね《ネ》ている《トン》のよ《ヨ》

などと、発狂の女性患者をたしなめる家族の声がした。患者は二週間足らずであるが、いろいろな症状が出ていた。方言会話はこれ以外に綴られていなかった。

発狂したということでは、働き盛りの若い方が被爆し、死線をさまようとき必ずと言ってよいほど発狂していたと、私は思った。それはもの凄い光景である。『原爆の声』の三山さんの父への密かな心配もそうであり、また、三山さんのお兄さんの最後の様子がそのようであった。ほんとうにムゴイ光景であった。

8月20日

方言は記されていない。

8月21日

●大勢の火傷《ヤケトー》でしたよ

火傷のことを岡山弁では「ヤケトー」と言う。広島弁では「ヤケトー」を言わない。

●恐《イビセ》ろしかったです

目の玉が飛び出して睨《にら》んだのが「イビセカッタ」というのであった。

玉島から安原君がやってきた。

●先生、こんなところへいては助かりはせぬ《コンナトケエオッチャータスカリヤーヘン》

●早く玉島へ行こう《ハヨウタマシメアーユコウ》

●ひどいことになっていますよ《デエーリヤアーコトニナットリマスゼ》

●こんなところにいてよくなるものですか《コンナトケーイチヤーヨウナリヤーシマセンヨー》　善はいそげじゃ、先生、
早く《ハヨウ》行こう

●塩田君、ひどく《デエーロウ》やられたのう

と、安原君は岡山弁で言っていた。
頭の髪が抜けた患者がでだした。

8月22日

蜂谷さんは、軍のあり方に疑問を持っていた。うっかりものも言えなくなったそうである。軍は、日ごろ我が物顔で街を闊歩していたのであろう、そして今、弾圧につぐ弾圧の本場をさまよって病院に戻って朝食。
ところで、佐伯の婆さんの方言は前述のように、ちゃんぽんだった。

●たくさん《エット》あるそうですよ
●たくさん《ギョウサン》あるそうですよう

については、次の分布図を見ていただきたい。広島県下は「エット」であるが、岡山県下は全体に「ギョーサン」である。しかし、備中などは「エット」も併存している。
蜂谷さんは白血球計算の結果から患者の被爆位置と白血球減少との関係に着目した。いったい、爆心地はどのあたりであろうかと思っていた。

8月23日

●恐《コウ》や、恐や

佐伯の婆さんは紀州の出身なので、「イビセー」とは言わなかった。そして、「ジャ」のところがちゃんと関西風に「ヤ」であった。

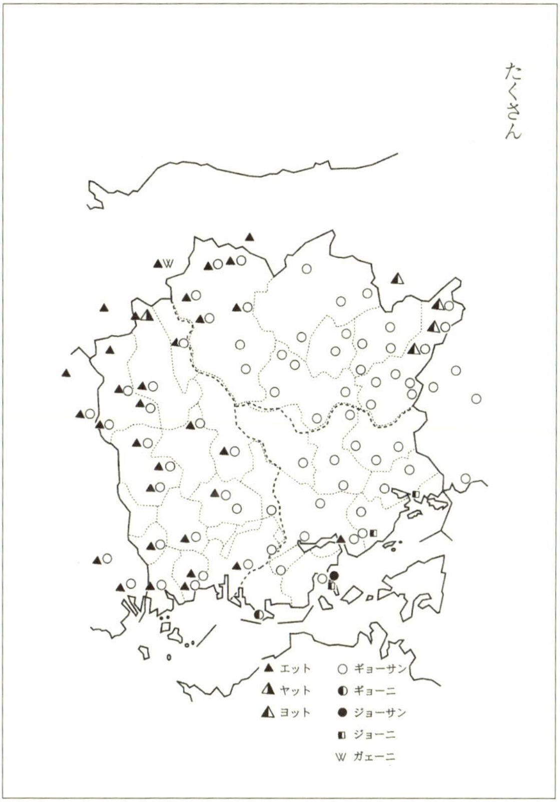

そのことはともかく、次のように、蠅を「ニンバエ」といったところが面白かったのであろう。

●佐伯の婆さんはあれをのう、人蠅《ニンバエ》というんじゃ

この「ニンバエ」は方言ではない。

ところで、当時、蠅にはみんな相当悩まされていたようであった。本書のＣＤには割愛したが、保田さんもたくさんの蠅のことを証

言していた。投下直後から、蠅が異常発生していたことは『人類の危機に立ち会った人たちの声』のＣＤ、村上さんの証言で知られる。また『原爆の声』のＣＤ、三山さんの証言でもそうであった。三山さんのお父さんやお兄さんのところでわかるであろう。

8月24日

方言の会話はない。脱毛と斑点の患者が増えたとあった。

8月25日

「ニンバエ」の征伐に乗り出そうとしたが、あきらめたとあった。脱毛すなわち死という噂はややうすらいだ。（９月になってGHQがDDTを散布した。）

やはり、佐伯の婆さんのところ以外には、ほとんど方言は記しされていなかった。

8月26日

勝部君が執刀する死体解剖を見ながら、蜂谷さんは解剖の重要性を痛感した。斑点が体の表面だけでないことを知った。蜂谷さんの頭は、「原子症」のことでいっぱいだったのであろう。

8月27日

蜂谷さんは右半身の疵などでまだ風呂に入れず垢がたまっていた。

●貴下《アンター》、退院したんじゃあないのか《ニャーンカ》

と蜂谷さんの岡山弁の [næ:]。

蜂谷さんは広島医科大学の玉川教授をむかえた。玉川先生は岡山医科大学の大先輩であったらしい。玉川先生は挨拶代わりに

●私はよい所へきたのう《ワツシヤーエートケーキタノー》

と言った。岡山でも、男性の場合こういう「のう」もあり得る。このような「ノー」については、85ページの分布を見て参照していただきたい。

8月28日

日ごろ懇意にしていた山下君がやってきた。蜂谷さんが「～とる(～ている)」と方言、山下君は「～チョル」と言った。

森杉君の弟との会話へ、蜂谷さんは方言まじりの会話は一度もしていなかった。回診して患者の長堂君の奥さんへ声をかけた。奥さんは沖縄弁か九州弁で分かりにくかったが、蜂谷さんは標準語で優しく激励した。生後間もないお嬢ちゃんがお乳に手をあてて無心に眠っていた。しかし、奥さんの胸には斑点ができていた。蜂谷さんの奥さんもよくなかった。

8月29日

無条件降伏の調印式に、天皇陛下を気遣った。蜂谷さんは

●うっかりすると、陛下が俘虜《トリコ》になるが

と思わずつぶやいた。そばにいた佐伯の婆さんは

●天皇陛下には何も罪はない《テンカサマニハナニモツミヤーニヤー》

●天皇陛下《テンカサマ》はいとおしいわ

などと言った。この [næ:] という方言は蜂谷さんからもらったものであろう。私の父は 1995 年に亡くなったが、死ぬまで、大切に床の間に天皇一家の写真を飾っていたのが印象的であった。

病院では、相変わらず、重傷患者が増えてきた。長堂君の奥さんが死亡し、赤ちゃんは藤井先生の奥さんにあずけられた。

電灯がともっている牛田などが羨ましかったといっていた。

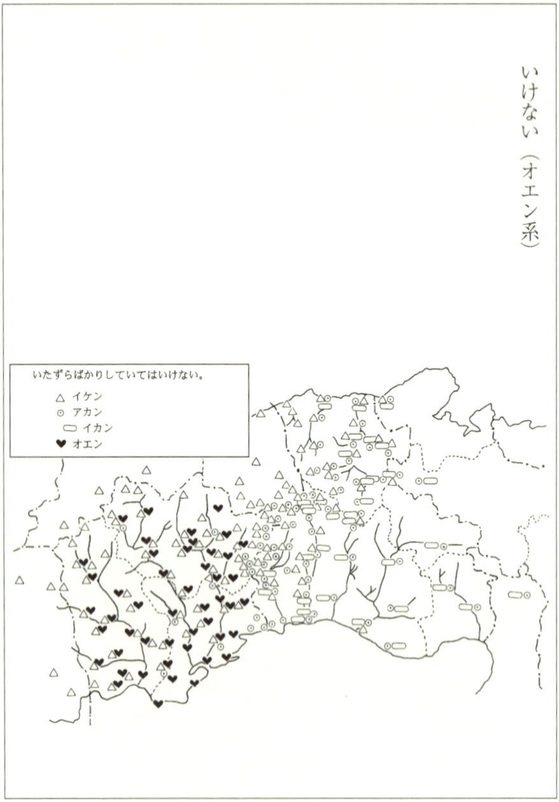

8月30日

蜂谷さんは、ピカで五感をうばわれていたが、かえって感覚が過敏になったようであった。そんな中で、視覚はなかなか回復しなかったようであった。配給物資の横領などでも悩まされるようになった。日常の会話はなかった。

なお、医学上の専門用語がさかんに飛び出した。

8月31日

陛下が生け捕りにされないかと、蜂谷さんたちはやきもきしていた。

蜂谷さんは、恐怖の斑点の原因は血小板の減少に起因していたと考えた。解剖所見と臨床所見とを突き合わせたのであった。

●婆さん、今日はね《ノ》

●月末だろうが《ジャローガ》

●8月いぱいの仕事を纒めたのだ《ジャ》

などと、蜂谷さんの口調もようやく軽くなったようであった。

9月1日

●無理をしてはいかんよ《イケンヨ》

「イケン」と言ったのは蜂谷さんだったが、岡山弁は、日常、「オエン」であろう。もちろん「イケン」も言うのであるが、くだけた日常の場面では「オエン」であろう。この日記の場合、目下へとはいえ多少とも、病院でのオフィシャルな場面であったのかもしれない。

病院はようやく軌道に乗ったように思えたと記されていた。

それにしても、“長堂君”の遺児はかわいそうであった。これからは宇品の託児所へあずけるそうである。それから、学童疎開で原爆に会わなかったが姉や兄の看病にきていた幼い兄妹の２人とも身寄りを全く失ったとある。ここを読んで、私・今石は、本書「マンモスの牙」の③、および、著者鈴木咲子さんから直接いただいた『撫子』（同じものは広島平和資料館にもある）という、鈴木さんたちの手記の内容を思い出して暗澹《あんたん》たる気持ちになってしまった。原爆の惨事はまったくムゴイ。原爆は簡単に日常を奪って子どもたちを、想像も絶するような苦難の淵に投げ捨てた。

９月２日

●お前は馬鹿だね《ワリヤーボースージヤノー》

●あのピストルを降りて拾って《ヒローテ》こい

●喧嘩をしてはいけない《ケンカーシチヤーイケン》

●妹《コレ》がピストルを落としたのです《タンジヤー》

などと、たわいもない子どもたちの会話が綴られている。

９月３日

病院全体に落ちつきが戻ってきた。

ところで、古くは「備後ばあばあ安芸がらす」という方言の地域差をいう言い種があった。たとえば、「雨ばかり」というのを備

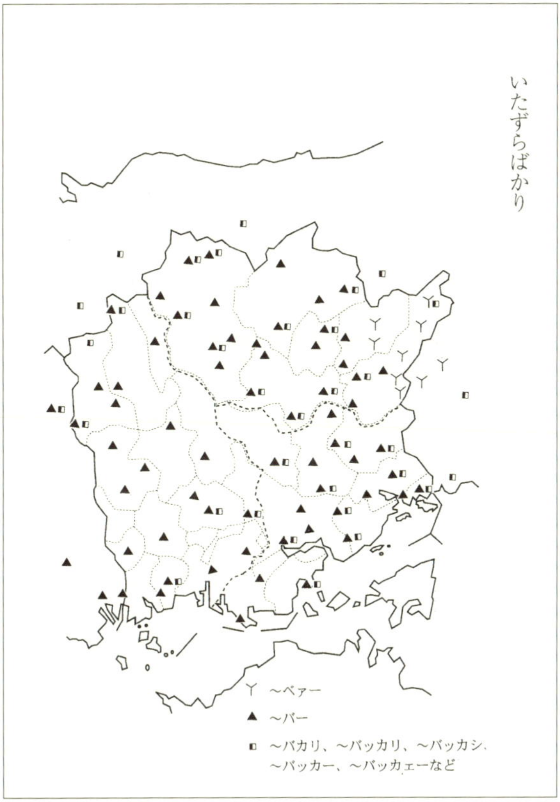

後では「雨バー」と言うのであった。それはじつは岡山でもそう

であった。

蜂谷さんはここで

● 婆さん、何もかも焼けたものばかりではないか《モンバージヤーナアーカ》

がそれである。「～バー」である。

蜂谷さんは、東京帝国大学の都築教授の原爆症の講演を聞いた。

今石は、“講演の項目が、すでに早く本書「マンモスの牙」③庄野教授の項目とほぼ同様であった”と推測してみた。

似島の様子は本書の写真と文でうかがわれようと思う。

9月4日

この日の記載では日常の会話がようやく多く見られだした。

●あの時、広島の空へ大きな雲がむくむくあがって、その両脇へ金屏風を拡げるように何ともいえぬ綺麗な雲が拡がってゆくのです《ユクンデス》

●それは《ソリヤー》綺麗でしたよ

●あの赤とも黄ともいえぬ綺麗な雲は何ともいえぬ《ナントモイエン》ほど綺麗でしたよ

●快晴の空に截然《キチン》と線を引いたように切れ、それが順々に拡がっていったの《ン》です

と橋本君が当時を追懐するとある。これはキノコ雲の様子をいっていたようである。私は、『人類の危機に立ち会った人たちの声』のＣＤで、村上さんが思わず「きれい」と叫んだのを思い出した。

●いくら《ナンボウ》落ちたかしれませんが

● B29へ弾があたって、敵が落下傘で降りていると《オリトルト》思いましたからね《ナー》

●あの時は《トキアー》痛快でしたよ

と橋本君が言ったとあるが、同じようなことを先に「日常的な言葉がまざった被爆証言」で掲載した新田さんの話とよく重なって

いた。

「晴天の下、大きな煙の塊、変幻常なき五色の空、広島の最期はただ一瞬であった。永年築きあげた広島市と善良なる市民がこの美しい空に消えうせてしまったのだ」と、この日は結んでいた。私は全くその通りであったと思う。**広島は8月6日朝、一瞬にして日常が消滅した。**

9月5日

新聞記者に文章を書くよう約束した、など。

9月6日

砂糖の配給があったなど。

9月7日

蜂谷さんは白血球が少ない者ほど爆心に近いことが統計でわかると綴っている。

9月8日

蜂谷さんは新聞記者に文章を書くよう約束したので、文章にしている。

9月9日

蜂谷さんは「原子爆弾と原子爆弾症」と題した原稿を新聞記者に渡す。

9月10日

日記の以下については、本書では割愛した。

⑥

最後になったが、『ヒロシマ日記』の評価について「やがて形成されるであろう〝ヒロシマ神話〟の貴重な証言」（中野氏「解説」）といわれている。私も同感である。そして、その『ヒロシマ日記』の「あとがき」は次のとおりである。

> 本稿が４、５回雑誌にのったころ、このことがアメリカの原子爆弾災害調査委員会（ＡＢＣＣ）の外科顧問として来広中のワーサー・ウェルス博士の耳にはいったのだ。ウェルス先生が月藤医員を同伴してひょっこり私≪蜂谷氏自身のこと≫を訪ねて見え、本稿の英訳希望の申入れをされた。全く夢にも思わなかったことで、私は一瞬唖然とした。しかし、ちょっとたじろぎながら先生の好意にこたえることにした。先生は誠心誠意の人だ。以来、土曜、日曜、祭日はもちろん、仕事の余暇のすべてをさいて、その後１年、月藤先生の協力を得て全篇の翻訳を完了して２７０頁の英文タイプ・コピーを作り、その１冊を私に贈って間もなく帰国した。
>
> 先生夫婦は大の日本贔屓《にほんびいき》で、在広中できるだけたくさんの日本人の知己を作り、日本人になりきっていた。広島で生まれたお譲ちゃんを文子と名づけ、日本の風習になれ、日本料理をたべ、帰国前には西洋人の一番きらいな野菜の漬物まで

たべるようになっていた。帰国後３年、さらに日本と日本人の風習の研究をつづけ、在広中から懇意であったミシガン大学のＲ・Ｂ・ホール博士をはじめ幾多の日本研究者の協力を得て、私の筆意を生かすため再翻訳に再翻訳をもってし夢にみるまで努力していたのであった。そして、日本を全く知らぬ西洋人が読んでもよくわかるように、地図やフット・ノート、エッスプラナトリー・ノートをつけ、さらに日記の中に現われる用語の中で英語にない言葉はすべて日本語で書き、巻尾にそれらの解説欄をもうけて一書とし２９年の暮れ、一応脱稿してノース・カロライナ大学出版局長ランバート・デビス氏と計り、３０年２月、非売品のミネオグラフをつくって英米の知名の士数１００名に贈り批評をもとめた。そしてさらにデビス氏とともに文を磨き同年８月６日原爆１０周年記念に“HIROSHIMA　DIARY”と題してノース・カロライナ大学出版局から発刊された。私は著者としてそれを読み、非常に驚いたことは文意をかえることなく素晴らしい英文に書きなおされていること、西洋の風習に従って用語が改められていること、会話の方言はアメリカの方言が使われているように思えること、さらに原著にない私が先生の問に答えたことも書き込んであったことなどである。そんなわけでアメリカ版の「ヒロシマ日記」はよく翻訳物にありがちな筆意の失われたところがなく、全く生き生きとした豪華なものになっていた。このことはウェルス先生が広島のすみずみまで知りつくし消化して英語に書きなおしたためである。さらに先生とデビス氏の好意で私の経験をイギリス版の出版が近く予定されまたつづいてドイツ語、フランス語、イタリア語、スペイン語、オランダ語、ポルトガル語にも翻訳されて、小著が世界の各国へ紹介されることになっている。

（下線は今石が付す）

以上のごとく、『ヒロシマ日記』の中は私としてはなつかしい岡山弁がいっぱい。著者の蜂谷さんの人物像（考えや人間像）があらためてよみがえった。私がほどこしたものは、まるで歴史的文献の注釈のようであったが、『ヒロシマ日記』の言葉遣いを精密にしたものであって内容まで大きく損なうものではない。

結びにかえて

ヒロシマやナガサキの談話を**止揚・昇華することによって、日本人が共通する普遍的課題の解決をはかろう**と考えた。それは、私たち**日本人のみならず、人類全体にかかわる「核兵器の無力化」**なのであった。情報網を積極的に使って地球全体の一大課題の解決をはかるのが本書の大目標であった。

私は、たとえば、よく知られているような「キノコ雲」一つにしても強い関心がある。が、しかし、真実の把握は残念ながらまだまだ未熟である。当時は映写にしてもおそらく、いわゆるシロクロだったかと想像した。だから現在のところ、当時の実相も被爆者などの話を通して補うしか手がない。最善の策として、被爆者などから多くを聞き出して原爆に関する**事実を正確に把握しておくこと**である。

他方、被爆者の証言はハイビジョンのデジタルカメラにもまさる**心の映写機**（私はこう称する）があった。思えば、とてつもない体験は、被爆者にとってどの記憶よりも奥底に焼き付き離れることがない。原爆で廃墟と化した光景はまるで昨日のようであろう。因みに、語られる光景はどれも60年余も経過したとは思えない。それだけに、癒《いや》しがたいものとして重くのしかかっていたのではないかと推測いたすわけであるが、高齢化した今、多くの被爆者は、重い口を開き封印を解いて下さりはじめた。

結局のところ、私はＣＤの基盤上に談話の肉声をありのまま刻むという方法で、原爆の惨害を人間の聴覚にも訴えながら永遠に残そうと考えた。**「肉声のリアリティー」（肉声の真実）は「写真」よりも第三者的な（カメラマンのような）目が介在しないので直截である。**たとえば、ポール・サフォー　写真小平尚典『原爆の軌跡』（小学館文庫・1998年）も確かに優れている訴えかと思うが、直截という点で、本書のようなＣＤは、それらに優るものがあるのではないかという気持ちがしている。

なお、広く流布した言い種のようであるが、たとえば井伏の『黒い雨』の中（「今後七十五年間、広島と長崎には草木も生えぬそうだ」）にもあったような、廃墟から65年目になるが、街はすでに爪跡までもほとんどなくなっている。今までにたくさんの方々に助けられたとはいえ、市民のみなさんは、草莽のごとく、とてもたくましかった。草莽のごとく立ち上がった。みなさんは、**日常の壊滅から苦難の生命蘇生へ**という具合であった。

65年目の2010年、日本代表は、ニューヨークで開催された核不拡散条約（ＮＰＴ）再検討会議で核軍縮教育の重要性を訴えて、被爆証言の保存などにデジタル技術を活用することを提案している。ついには、国々の協力も得ながら、被爆体験の継承に留意することなどを盛り込んで、その結果、国際的な共同声明では地球規模で「高齢化した被爆者の証言を次世代に継承することの必要性」を再認識した。

浜井さんも心配していたが、残念ながら、広島でも長崎でも、被爆者の肉声は地球上からだんだん消えるであろう。私たちは悠長に構えていてはいけない。私たちは急がなければいけないのである。そのゆえに、私は10年ほど前から被爆者の肉声を（ＤＡＴの録音機を駆使して）デジタル化した。精密な状態で、永遠に刻むことをもくろんだ。そして、原爆の生々しい様子は一部分、Webでそのまま全世界へ向ける発信の基地化をこころみた。原爆の惨い悲話を直に知っていただくことができるようにＣＤ化した。一般にはあるいは刺激が強すぎるかもしれない。しかし、包み隠さず、学術的な貢献として、私は最善を尽くしておく。そして、将来の方々にバトンタッチをいたす。

2010年、私は暑さをおして、いわば完全装備、なりふりかまわず身を保冷剤などで固めながら、久しぶりに平和記念式典に出た。すでに紹介した、『絵本　はだしのゲン』で有名な中沢氏は私と同年代かと思う。中沢氏は、確か、今年も出ないとおっしゃっていたが、猛暑下、私があえて参列したのには多少わけがあった。

過去帳の5501人のうちの一人、今年の過去帳には長年一緒に暮らしていた母（義母）の名が刻まれたからである。今年は、国連の潘事務総長も来てくださった。総長は**被爆者の証言を世界の主要言語に翻訳すると同時に、軍縮教育も必要である**と力説されていた。

備忘録　ちょっと余談になるかも知れないが、私としてはこのことはどうしても明記して一般の方々にもよく知ってほしい。私の、この10年来収集した被爆デジタル資料は、広島平和記念資料館そして長崎原爆資料館と、それに私がかつて勤めていたことがある小高いところの広島女学院大学などにある。原爆犠牲者の純粋な平和への思いを私なりに後世へ正確に伝えることができるかと思うとき思わずホッとして、なんだか肩の荷もおりたような安堵感がする。がしかしその一方で、とくに広島の場合、爆心地が海抜ゼロメーターのようなところの地下に所蔵されるのかと思えば心配でもある。もしも異常気象現象などに襲われたらどうしようかと、私の心配は尽きそうにない。

これらもまた余談であろうが、今から50年ほども前になるが、そのころ、学生アルバイトのあいまに、爆心地近くにあった、孤児院をよく慰問していた。サークル活動の一貫であったが、その「新生学園」（岩波文庫『原爆の子』上巻114ページなどをご覧下さい）もさまざまな家庭事情をかかえた孤児たちがいた。原爆後、わずか15年ほどだったので、きっと原爆孤児もいたかもしれないと思う。長田新編『原爆の子』にも感動した。また、私のCDに登場していただいた森木さんの話にもあるように、そのころ、電車の中でケロイドがまだ残っている方、丸坊主姿の若い女性の方など、まことに痛々しくてお気の毒な方々をよく見かけた。「福屋」や「天満屋」などの百貨店の入口では、白装束の「傷痍《しょうい》軍人」がアコーデオンを弾きながら物乞いをしていたのもよく見かけた。いつの間にか、ついぞ見かけなくなってしまった。きっと、日々の暮しにゆとりができたのか、安定したのかであろう。前にも少し述べたが、先般7年ほど前、鈴木さんたちが自費出版された手記『撫子』をいただいた。原爆孤児となってたいへんご苦労な人生を歩まれ、私も感動した。原爆孤児となった多くの方々はこのようにきっと想像をも絶する、数奇な人生を歩まれたことだろう。原爆孤児、もしくは引き上げ孤児にしても高齢化したが、私たちはまったく同じ世代である。戦争がいかに残酷であるかを、一般に、具体的に知っていただきたい。

なお、下線の二重は、本書で最も大切であると考えていることを示している。

余　滴

（その１）

2008（平成20）年６月11日、下蒲刈の美術館で東山魁夷画伯の「戦時下の乙女」を見た。魁夷画伯は人物を描かない画伯として知られているが、ごく初期のころはこのような人物描写をしていた。

2008（平成20）年６月11日、午前11時半ごろ、瀬戸内海にある広島の下蒲刈《しもかまがり》町《ちょう》三《さん》之《の》瀬《せ》、三之瀬御本陣芸術文化館についた。早速、「東山魁夷とその周辺」という特別展を見た。私を引き付けて止まなかったのは、「戦時下の乙女」1944（昭和19）年であった。この絵は展示のおしまいにあったので、この絵が特別展のメインでなかったことは事実であろう。７人の乙女たちが日の丸の鉢巻をし、腕には黄色い腕章をして、何かよくわからないが一心に軍事製品を作っているところであった。最前列右の一人の乙女がいちばんはっきりと描かれている。魁夷36才の、この作品は戦争画である。魁夷といえども戦争と一緒に歩まざるを得なかったのだろう。太平洋戦争の勃発で統制が一段と激しくなってとうとう「国体の精華、国土、国風を讃《ほめ》るもの・戦争を主題とするもの・

戦時国民の敢闘生活を描くもの・その他国民生活を明朗潤達《かつたつ》ならしめ戦意の高揚に資《し》するもの」という統制になったようであるが、創造の自由を追求する画伯たちはとりわけ苦しい時代であったであろう。その暗黒の中に魁夷もいたのであろう。魁夷画伯の戦中の頃、私は幼年であったが、私の 36 才頃はもう戦後、1970 年代半ばであった。その頃、鳥取でようやく暗いトンネルのような状態からぬけだして、自由に羽ばたこうとしていた頃であったと思う。時代は戦後の落ち着いていた頃なので画伯とはずいぶん違うが、それでも私なりに悩んでいたので、魁夷画伯の複雑な心境を理解することができたような気分であった。もちろん、魁夷画伯は戦後、素晴らしい飛躍をみせた。

（その２）

大久野島《おおくのじま》は瀬戸内海のど真ん中にある。入日が見える美しいサンセットアイランドだ。そして遠くには、人気もの‘ひょっこりひょうたん島’のモデル、「瓢箪島」が見える。大久野島は瀬戸内海に浮かぶ、まるで小さなおとぎの国の世界だ。しかし、太平洋戦争のころは、ここは地図上にはなかった島だった。

ＪＲ呉線の忠海駅で、私は電車を降りた。きょろきょろしながら、駅にいたおばさんに「休暇村大久野島」へ行く港を聞いた。すると、おばさんは「右へまっすぐいって、右へまわる」ようにと、親切に教えてくれた。港までは10分足らずだった。レストランの横手にはしゃれた空間があった。しばらくすると、小さな白い船がはいってきた。

15分間の乗船だ。やや狭い船内で、ひとりの男が大きな声で老人に戦争について聞いている。私は、毒ガスのことをふと思い出した。今でも埋めた毒ガスに中国の人がやられたという、ニュースを知っていた。半世紀後、まだ戦禍はおさまっていないと思っていたし、その上、目ざす大久野島は、日本軍が支配していた毒ガスの島だ。1929（昭和4）年、島民をみんな追い出して、日本軍が毒ガスを開発し、戦時中は、ずっと毒ガスを作っていた。
下船のとき、大きな声の男は、やさしそうに老人の足元を気にした。バスに乗るときも、杖をついてヨチヨチと歩く老人にやはり神経質になっていた。足元に気をつけるようにと、大きな声ではあるが、しかしやさしく諭すように言っていた。

桟橋のあちこちから、ウサギが現れて出迎えた。バスの向かいの席にいた幼い子を連れた夫婦はウサギがする愛らしいしぐさに感動していた。20人ほどの客人はなごんでいた。これは異次元の長閑な風景である。

私は、天然のラドン温泉につかって、しばらくほてったからだを横たえていた。見計らって階下の食堂へ行ってみた。そして、夕食の席について、さあ、いただこうかと思ったところ、背中の後ろから、さっきの男がいきなり大きな声で言い出した。「手を覆いなさい。」とか、鍋物料理は、「まだ煮えていない。食べてはいけません。」とか、老人に対して、まるで子どもを厳しくしつける口調で言っている。アンバランスな奇妙な声はもうたくさんだ。私は少しばかり苛々したし、食欲も少し減退した。

だがしかし、意外なことがわかった。じつは2人は親子だった。

49年間、お父さんのおかげだった。土地があったので、僕は竹原《たけはら》に家を立て、人並みにやってこられた。お父さんは17（歳）のとき、ここに渡って、強制的に働かされたのだ。どんな気持ちだったかい。軍の命令だから仕方がない。食べ物は粗末だっただろう。娯楽もなかっただろう。金はお父さんが好きなように使いなさい。のんきに暮らして長生きしてもらいたい。子どものために一銭も残さんでいいよ、などと、男は、酔いにまかせて一段と大きな声でしゃべった。老人はか細い声で、時々何かを言っている様子だった。私はすっかり感動した。しかしながらなぜか、しまいまでこの大きな声を聞く気になれなかったので、部屋に戻った。

私は、あの男性とよく似た、いわば同じような境遇であると思った。岡山の、私の田舎では、80（歳）過ぎの老母がたったひとりで暮らしている。そして、被爆した義母は今、広島で私たちと一緒に暮らしている。とにかく、私たちの親の世代は、太平洋戦争でまったく浮かばれなかった。戦争のせいにするのはよくないにしても、親の世代は、つつましくよく働くほど不幸がつきまとう、いわばマイナスの世代でもあったと思う。そして、私たちは毎日せっせと働いてはまわりの人々にたいへん苦痛をお与えしたと、ひらに、一生謝りつづけていなくてはならない世代であると思った。

備忘録　竹原市は義理の母の出身地でもある。(この執筆は約10年前であった。)

(その3)

終戦から約1年後、1946年、父はまるで幽霊かなにかのようになって激戦地ニューギニアから帰ってきた。しかし、郷里に残したわが子の死をまったく知るはずもなかった。

戦時中の夏のある日、弟が突然お腹をこわして下痢をした。弟は、日ごろから腸がとても弱い子だったのでひどい食あたりを起こした。戦時中、食べ物が極端に不足していた。ひもじかったのであろう、たまたま、縁側のむしろに干してある、つきたての白いナマ麦を食べたらしい。母は弟の異変にすぐ気づき、指を喉に押し込んではきださせた。

しかし、1、2ヶ月経過したが、弟の下痢は少しもおさまらなかった。ついに、母は弟を医院に連れていった。戦時中のお医者さんはとてもいばっていたらしい。悠長といえば悠長、いわゆる診療の拒否であった。それでも、母は米や大豆を持参した。かいがあったかとも思うが、ようやく、診察をしてもらった。そのとき弟は、すでに母もそう思っていたそうであるが、脳膜炎であると診断された。が、とっくに手遅れであった。戦時中、母は女の無力感をつくづく思った。

秋のもの悲しい夜であった。弟は高熱にうかされた。家のアダノマ（居間）で、毎晩のようにうわごとをいいだした。淋しいのだろうか、「オカーチヤン、オカーチヤン・・」と、なんども呼んで泣いた。母がそばに居ると安心して泣き止んだ。でも、数日後からは容態が変わった。弟は、母がそばにいても「オカーチヤン、オカーチヤン‥」と、単調に同じことばを繰り返した。母は「ここに居るガナ」と、手をやさしく握ってやったが、「オカアー・・オカ・・アー・・」と、まるで蚊が泣くような声になり、絶命した。1945（昭和20）年11月27日、享年、わずか3歳であった。

私がまだ5歳のとき、私は弟の死を暗い闇夜の中で知った。その後、私は闇夜がとても恐かった。私が寝ているとアダノマの天井がどんどん遠くへ飛んで行き、からだは宙に浮く。もう気も狂わんばかりであった。きっと、弟もそういう気持ちで死んでいったのだろう。

そんな亡き弟について、思い出が一つだけある。まだ弟が元気だったころ、5月の終わりであった。田植えが済んだころ、すぐおこなうタノクサトリ〈腰を折って手仕事でする除草である。このころは稲の根に酸素を、手でやさしく多く補給してやる〉のころであったと思う。兄弟は母がタノクサトリ〈ふだんの言葉で言えば田植直後のイチバングサのこと。なお、その次のタノクサトリはニバングサ、最後をサンバングサと言っていた。〉をしている田圃《たんぼ》の畦道で仲よく遊んでいた。すると突然､弟が母へ｢オカーチャン､シーコ（おしっこ）」と言った。田圃の中の母は「アーチャン（兄ちゃん）、サシテやってくれ」と言う。私は小川へ向けて弟のズボンをずらしてやった。とたんに、顔面めがけてなまあたたかいのが飛んできた。とっさのこと､なにがなんだか､頭が真っ白になって息が詰まった。日ごろ、仲よしのはずの兄弟であったが、このとき私は弟の頭を、手がいたくなるほどたたいた。後で、「ヒサシ（弟の名）、ごめんね」と、しきりに謝った。賢い弟にしてみれば、母に相当気がねをしていて、はちきれんばかりのたのみだったのであろう。

備忘録　聞けば、父は同郷のものと連れだって、ニューギニアから船でよ

うやく和歌山にたどり着いた。そして、汽車に乗って帰ってきた。終戦後一年たっていた田植のころであった。早速駅前の遠縁で白いお米のご飯をたくさん食べさせていただいたそうである。その間、連れの田中文夫さんの家の女の方が「ミーチャン（私の父の愛称）が帰ってきたあ」と大声で母に知らせに来てくれた。

父はふだん蛇や草の根ばかり食べてニューギニアのジャングルの中を逃げ回っていた。復員直後、駅前でいただいたご飯はとてもおいしかったそうである。が、かわいそうに、白米のご飯はむしろ体に障った。またその後でも、マラリアのような、何か病を患ってはたびたび高熱でのたうちまわった。命からがら逃げ帰っては来たが、わずか１か月足りなくて兵役の年金さえも支給されないと、父はしきりに愚痴をこぼしていた。

私の父は戦後になってもいろいろ苦痛が絶えなかった。15年前、81歳で亡くなったが、戦争はまったくひどいと思う。わずか赤紙一枚だけの召集令状によって二等兵だった父をさんざん痛めつづけた。（最初の執筆は約20年前であった。）

（その４）

家内の実の両親などは原爆のため、まったくひどい目にあった。幼かった私の弟は原爆とは直接関係がなかったが、先に述べたように、太平洋戦争の最中病死した。戦争時代の体験についていえば、当時人々は大なり小なり生死のことを必死になって考えた。たとえば、東北大学名誉教授の加藤正信氏もそうである。先般お送りした『原爆の少女たち』のＣＤを聞いて下さって当時のことを次のようにふりかえられた。

4月中旬、諸事落ち着き、昨日、息子夫婦が来ましたので、皆で、ＣＤブックをパソコンでお聴きすることができました。（中略）長崎の男性の、早口の迫真のお話、これは小生の住んでいた宮崎にも似ているイントネーションで実感が湧きました。「仙台」の等セ、ゼがこんなにはっきりシェ、ジェと聞こえるのに、息子夫婦はビックリしていました。広島の女性の語り口はお声に艶があって、東京系アクセント地域ということもあって聞きやすく、うっとりしながら耳を澄ましているうち、事態の残酷さ、深刻さに打ちのめされました。映像、展示、書物とまた違った、体験者の生の声、体験の吐露には迫るものがありました。

先日、新潟での仏事で、親戚が集まった際に、この時のことを話題にさせて頂きました。1945（昭和20）年８月、富山、長岡、秋田と軒並みに空襲でやられた中、最大工業都市で、満州への連絡拠点となっていた新潟市が全く無傷で不審に思っていたところ、米軍の飛行機からビラが撒かれ、広島同様の「新型爆弾」を近いうちに新潟に落とすので、一般人は逃げるようにとあって早速、それを警察に届けた人、いち早く郊外に逃げた一家の話など持ちきりでした。当時、報道管制はあっても、口コミでは、広島の惨状はかなり流れていたようです。小生は、農村の小学六年生で、長岡大空襲の翌日？朝草刈の時、気流のせいか村の方まで飛んできた、たどたどしい日本語のビラで「ここで、日本が降伏すれば、国民の命は助けてやる、その代わり20年間アメリカ軍が日本を占領、監視し、民主主義、自由主義、個人主義というものにしてやる」というのを拾った程度でした。それでも慄然《りつぜん》として、これでは絶対負けられない、頑張り抜くぞと決意し、受け持ちの先生に届けて褒められた覚えがあります。

広島とは比べものになりませんが、ＣＤブックを息子夫婦と拝聴した機会に、小生なりの戦争を息子たちに語ることもできました。

先日亡くなった兄は、大陸、南方でのことは、復員後も、家族にはいっさい語らず、それらしきことを、和歌、俳句にし、ぼろぼろの手書き草稿を、転居するたびに持ち運び、そのまま逝ってしまい、遺品調べで発見されたということも思い合わせたりしました。

(拙著編『原爆の声』より再掲載)

後　記

本書のＣＤは、原爆でお亡くなりになったたくさんの方々への私からの鎮魂歌です。そして、お願いです。同じく拙編著のＣＤであるが、森木さんの原爆被災の証言などをぜひ聞いてください。

たとえば、広島女学院大学の復興には縁者である今石益之氏（1978年～1987年院長・学長）も粉骨砕身（おそらく、職員だった宇根洋子さんもそのおひとりであろう）。秋葉忠利市長の今年の平和宣言の中にあったように、血のにじむ、多くの民衆の手と「核兵器廃絶」の叫びなどにより、奇蹟的に広島や長崎が復興しました。このたびのＣＤではおとどけできなかったが、被災者生存の保田さんは、長い間苦しみに耐えながら、再び家を建築しなおしました。生存者などの同様の話はざらに聞いています。

2010年11月上旬、私は、久々、広島平和記念資料館を訪ねました。そのとき、館長の前田耕一郎氏にあいさついたす機会を得ました。初対面ながら前田さんはたいへんご立派な人格者であられると直感しました。そのとき、持論である**マンモスの牙**などを申し上げるなど、お忙しいのに館長室で１時間も話し込みました。それから、地下１階の図書室で、山根眞由美さん（広島平和記念資料館の副館長）、中川雅裕さん（国立広島原爆死没者追悼平和祈念館の副館長）、山崎義男さん、菊楽忍さんと私と、合計５人でさらに懇談しました。私にとってたいへんうれしかったのは、ここに作成したＣＤを陳列して下さるという予定であります。私はまことに光栄だと思います。これからはこうして具体的にＣＤを聞いていただきながら原爆被災のリアリティーがいっそう深まるであろうと思うとき、私は、コツコツ集めてきたかいがありました。みなさんと別れた時は午後の２時を少し回っていました。平和記念館の入口では修学旅行でやってきたのか、県外からひっきりなしにたくさんの生徒さんたちが訪れていました。ＣＤが、明日を創り出す、若いこういう生徒さんたちへ届くかなと思うと、私は思わずじんわりときました。修学旅行などで、遠くからわざわざきた生徒さん達、ようこそ広島へおいでくださいました。そして、はるばる、海外からきてくださった方々を歓迎いたします。

みなさんは、この広大なお祈りの場所である平和公園で何をお感じになったのでしょうか。原爆ドームの前ではいかがでしたか。かつて住民はみんな地獄の淵に投げ捨てられたのでした。多くの方々が原爆で焼き殺され、あるいは、火傷などをして重傷を負いました。原爆はほんとうに、ムゴイことです。被爆者自身が語る惨劇の感想を、ぜひ、お聞かせください。きっと、**声の物凄い力**をお感じになると思います。あらためて、原爆の幅や立体感にうたれることでしょう。

そして、惨劇はデジタル化しているので、世代世代の新しい媒体（メディア）に移しかえて下さい。（手話等による視覚化を工夫して下さい。）かくしながらヒロシマやナガサキの惨状は正確に受けつがれていくはずです。

このたびも木下恭子さんが『ヒロシマ日記』関係などの浄書を助けて下さいました。静岡大学名誉教授の日野資純氏及び森下峯子さん、白川朝子さんは全般的に支えて下さいました。森下さん、白川さんのご両人はお忙しい中、校正等までほんとうにお世話になりました。深く感謝いたします。

ヒロシマの保田知子・村上凡子・三山甲子・横田勝・森木葉子、および新田篤実（前県会議長）のみなさんなど、ナガサキでは、和田耕一・松添博・恒成正敏のみなさんなど、多くの方々にご協力いただきました。特に、和田耕一さんはいつも丁寧に協力して下さいました。本書のＣＤは、ヒロシマが保田知子さん、ナガサキが和田耕一さんと証言台に立ってもらってなったものです。秋山和平さん（元ＮＨＫアナウンサー）はナレーションを快く担当して下さいました。

和田さんのご紹介により、長崎原爆資料館館長の黒川智夫氏にお会いいたし、また、関口達夫氏（長崎放送報道部長）には懇ろにお世話になりました。国立長崎原爆死没者追悼平和祈念館の設立では、ほんの少しかかわりました。当時、職員のみなさんがたと知り合いになりましたが、顧みれば昨日のようです。施設は今でも、マルチ情報化社会に対処していらっしゃるようで、たいへん心強いかぎりです。

どうぞ、これからも広島、長崎が手を取りあって、世界の平和実現のため、いっそう発展して下さるよう、心よりお願いいたします。

ただ今、2011年春早々、巨大な“東北関東地震”の大災害を報じております。テレビなどでは、大惨事のたいへんムゴイ映像が繰り返し配信されています。肝をつぶしています。原爆死没者のご冥福とともに、この巨大地震被災の死没者のご冥福もお祈りいたします。

参考文献

（主要なもの）

『ドイツ戦没学生の手紙』岩波新書・1938 年

長田新編『原爆の子』岩波書店・1951 年（同上下・岩波文庫・1990 年）

蜂谷道彦『ヒロシマ日記』朝日新聞・1955 年（『日本の原爆記録⑥』日本図書センター・1991 年）

井伏鱒二『黒い雨』新潮文庫・1970 年

広島女学院教職員組合平和教育委員会編集『夏雲』1973 年

野地潤家『歌集　柿照葉』（溪水社・1975 年）

広島市原爆体験記刊行会編『原爆体験記』朝日選書・1975 年

藤原与一『瀬戸内海言語図巻』東京大学出版会・1976 年

藤原与一『瀬戸内海域方言の方言地理学的研究』東京大学出版会・1976 年

朝日新聞企画部編『母と子でみる広島・長崎』草土文化・1983 年

今井賢一『情報ネットワーク社会』岩波新書・1984 年

八尾洋二・鈴木咲子『撫子』1987 年

関千枝子『広島第二県女二年西組（原爆で死んだ級友たち）』ちくま文庫・1988 年

大江健三郎『あいまいな日本の私』岩波書店・1995 年

志賀直哉『志賀直哉全集第 8 巻』「閑人妄語」岩波書店・1999 年

宇吹暁《さとる》『原爆手記　掲載図書・雑誌　総目録　1945-1995』アソシエーツ・1999 年

今石元久『岡山言葉の地図』日本文教出版・2000年
重松静馬『重松日記』筑摩書房・2001年
旧制広島市立中学校原爆死没者慰霊祭実行委員会編『鎮魂』2008年
新田篤実『被爆体験』（1995年、45分間撮影のＤＶＤ）広島市教育委員会・
広島市立図書館・2005年
池内了『娘と話す　宇宙ってなに？』現代企画室・2009年
『中国新聞』（2010年6月14日・2010年8月3日・2010年8月7日他）

（このようなデジタル音声分析は「音声録聞見 for Windows」で行っている。分析ソフトは、私のホームページ http://ww7.enjoy.ne.jp/~imaishi15/ により各自、自由に使うことができる。）

索　引

著者略歴

今 石 元 久（いまいし　もとひさ）

県立広島女子大学名誉教授。博士（文学）。広島大学卒。広島女学院大学講師、鳥取大学助教授、鳴門教育大学教授、県立広島女子大学教授を経る。中国、シンガポール、オーストラリア、アメリカ、カナダ、韓国ほかの大学を多数訪問し、講演も行う。
『日本語音声の実験的研究』（和泉書院）、『日本語表現の教育』（国書刊行会）、『原爆60年の声』（自家）、『音声研究入門』（和泉書院）、『人類の危機に立ち会った人たちの声』（溪水社）、『音声言語研究のパラダイム』（和泉書院）、『ＣＤブック原爆の少女たち』（溪水社）、『原爆の声』（溪水社）など。

原爆と日常　**聴覚的面のデジタル化**

2011（平成23）年4月15日　発　行

著　者　今 石 元 久
発行者　木 村 逸 司
発行所　株式会社 溪水社
広島市中区小町１－４（〒730-0041）
電　話（082）246－7909
ＦＡＸ（082）246－7876
E-mail：info@keisui.co.jp

ISBN978-4-86327-138-8　C0036